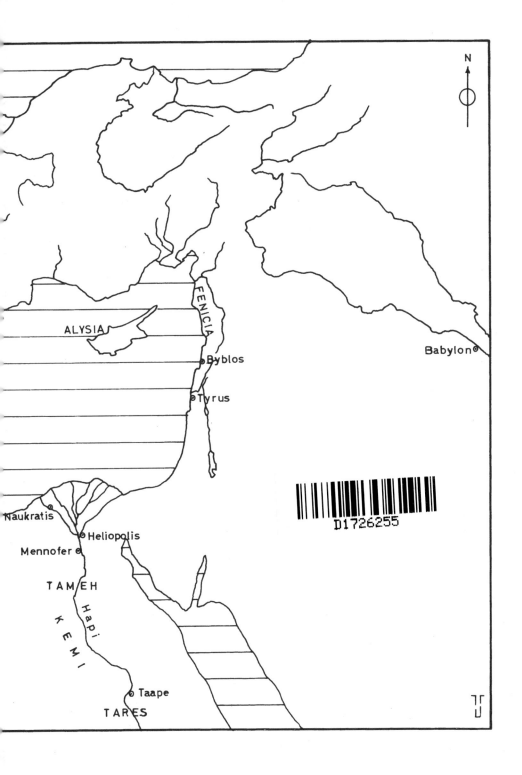

N

FENICIA

ALYSIA

Byblos

Tyrus

Babylon

Naukratis

Heliopolis

Mennofer

TAMEH

Hapi

KEMI

Taape

TARES

D1726255

De komeet van Samos

Op het omslag is uitgebeeld de stelling van Pythagoras: $a^2 + b^2 = c^2$. In een rechthoekige driehoek is de som van de kwadraten van de rechthoekszijden gelijk aan het kwadraat van de hypotenusa.

Tonny Vos-Dahmen von Buchholz

De komeet van Samos

Fontein

Van Tonny Vos-Dahmen von Buchholz zijn eerder verschenen bij De Fontein:
Arenden vliegen alleen
De nieuwe vrijheid
Het land achter de horizon
Verstoten
Het brullen van de stier
De gouden pucarina
Het vlammend halssieraad

STICHTING NEDERLANDSE
KINDERJURY
1996

ISBN 90 261 0778 1
© 1995 Uitgeverij De Fontein bv, Postbus 1, 3740 AA Baarn
Omslagtekening en kaarten: Frits Vos
Grafische verzorging: Studio Combo
Verspreiding voor België: Uitgeverij Westland nv, Schoten

Inhoud

Polykrates

Des Lebens ungemischte Freude
Ward keinem Irdischen zu Theil.

Joh.Chr. Friedrich von Schiller (1759-1805):
Der Ring des Polykrates

De gunst der goden

Hoog boven de stad stond de tiran Polykrates op het balkon van zijn paleis en keek uit over Samos. Het was midden op de dag. Aan de voet van de akropolis lagen de huizen te slapen in de warme voorjaarszon. Om die tijd was er weinig bedrijvigheid in de straten. Een aangenaam koele zeewind streek over het eiland. Door de regen van de afgelopen maanden waren de berghellingen van de Ampelos fris groen. Op het land en op de erven bloeiden bloemen in alle kleuren. Tevreden stelde Polykrates vast dat Samos mooi was, vooral in deze tijd van het jaar.

Keurend gleden zijn kleine, dicht bijeen staande ogen over de vestingmuren van natuursteen en marmer, die hij rond zijn stad had laten bouwen. Twaalf poorten voerden van de beschermde stad naar het omliggende land. De onder zijn leiding aangelegde havenwerken met afzonderlijke verdedigingsmuren en de twee stadiën lange golfbreker, door grote gewichten aan de zeebodem verankerd, boden bescherming tegen de onstuimige zee; straten en pleinen met prachtige openbare gebouwen werden gesierd door in zijn opdracht vervaardigde beeldhouwwerken van beroemde kunstenaars. Dáár lag de tempel van Apollo, de speciale god van Samos, gebouwd door bouwmeester Mnesarchos, dáár stond het bronzen beeld van Apollo, dat de beeldhouwer Theodoros in zijn opdracht maakte, dáár staken de tempels van Afrodite, van Aris, van Demeter, van Hera af tegen de wolkeloze strakblauwe lucht. Ginds, in de verte, aan het eind van de Heilige Weg, lag het Heraion, het nieuwe grote Hera-heiligdom in aanbouw, dat de oude tempel van Rhoikos moest overtreffen. En hoog op de heuvel tegenover hem wist hij het landgoed dat hij liet bouwen als centrum voor dichters, artsen, bouwmeesters en kunstenaars. Samos: de mooiste stad van het Egeïsche gebied.

Alles mij onderdaan! ging het door zijn hoofd. Alles onder mijn leiding tot stand gekomen, gebouwd, veroverd, beschermd, verfraaid.

Even kwam een herinnering in hem op aan de wijze waarop hij zijn macht had gevestigd en vergroot. Aan Pantagnotos, de broer die hij liet vermoorden, aan Syloson, die andere broer, die verbannen werd. Aan de meedogenloze strijd tegen de Keftiou, tegen alles en allen die zich tegen hem verzet hadden. Kreeg hij last van de stem van zijn geweten, die hij al jaren tevoren tot zwijgen had weten te brengen? Geërgerd over zijn eigen gedachten haalde hij zijn schouders op. Met weinig moeite wist hij de herinnering aan minder fraaie praktijken uit te bannen in de overtuiging dat men met zachtaardig beleid geen sterk land, geen sterke positie kan verkrijgen en behouden. Macht was een noodzaak, macht die alles dat zich in zijn weg stelt, breekt en verbrijzelt en ter aarde smakt. Dát was zijn levensstijl geweest en dáármee had hij bereikt dat Samos sterk, welvarend, rijk en machtig geworden was. Hij was vast van plan die positie nog verder uit te bouwen. Wie zou het hem beletten? Het was of een stem in zijn hoofd antwoord gaf op deze niet uitgesproken vraag: de Perzen!

Polykrates' donkere ogen gleden over de haven heen naar de overkant van de smalle Straat van Mykale. Daar lagen de bergruggen van Lydia met aan hun voet de Ionische koloniën, die de een na de ander onder Perzische opperheerschappij kwamen. De Perzen waren een gevaar, zeker. Ze waren uit op uitbreiding van hun macht, minstens over het hele Egeïsche gebied. Toch was Polykrates er tot dusverre in geslaagd Samos' onafhankelijkheid te bewaren. Maar hij wist als geen ander hoe van het ene op het andere moment aan deze situatie een einde kon komen. Hij vertrouwde op zijn eigen inzicht, op zijn handig manoeuvreren in de buitenlandse politiek. Hij moest waakzaam blijven. Eén fout en hij was verloren. De belangrijkste troef in dit politieke spel was zijn zeemacht.

De zeemacht van Samos berustte op het nieuwe type boot dat hij had laten ontwerpen en bouwen: de Samaina. Twee- en driemasters met een boeg die snelheid garandeerde. De handelsbetrekkingen met Kemi had hij, ondanks het feit dat de bevolking van de Twee Landen de Ioniërs vijandig gezind was, weten te versterken door vriendschap te sluiten met farao Amasis. Alle handelswaren konden alleen in de vrije handelsplaats Naukratis aan de oevers van de Hapi in- en uitgevoerd worden.

De goden zijn mij goed gezind, ging het door zijn hoofd. Op zee ben ik even sterk als destijds de Minos van Knossos. Wat kan mij nog gebeuren?

Geluid van steen op steen, heel in de verte, trok zijn aandacht. Aan de noordwestelijke poort, vanwaar de Heilige Weg rechtstreeks naar het

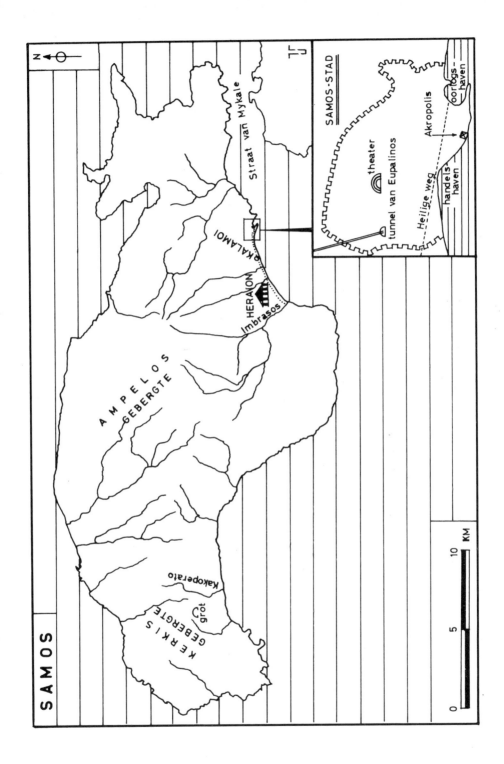

SAMOS

N

KERKIS GEBERGTE
Kakoperato
grot

AMPELOS GEBERGTE

KALAMOI

HERAION
Imbrasos

Straat van Mykale

0   5   10 KM

SAMOS-STAD

theater

tunnel van Eupalinos

Heilige weg

Akropolis

handels-haven

oorlogs-haven

Heraion voerde, zagen zijn scherpe ogen bewegende figuurtjes. Hij wist dat het de gevangenen van Mytilene waren, die werkten aan de versterking van de muur en aan het graven van de grote gracht vóór de muur. Voor slaven geen rust op het heetst van de dag.

Voetstappen achter hem onderbraken zijn gepeins. Zijn huisslaaf naderde en bleef enkele passen van hem af in de deuropening staan. Hij boog het hoofd.

'Er is een bezoeker aangekomen, die mijn heer te spreken vraagt,' zei hij onderdanig. 'Bouwmeester Eupalinos.'

Polykrates draaide zich om en liep met grote passen de ontvangzaal in.

'Laat boven komen.'

De slaaf verwijderde zich haast onhoorbaar. Even later keerde hij terug met de aangekondigde bezoeker.

Eupalinos van Megara was een opvallende verschijning. Hij stak wel een hoofd boven de weliswaar robuuste, maar vrij kleine gestalte van de tiran uit. Zijn kaarsrechte houding, zijn helderblauwe ogen en zijn diepe, gezaghebbende stem straalden zelfbewustheid uit, autoriteit. Natuurlijk wist hij heel goed dat hij een ondergeschikte positie bekleedde, maar hij was er zich evenzeer van bewust dat Polykrates hem met zijn kunde en kennis nodig had, sterker nog, niet missen kon. Hij veroorloofde zich dat in zijn vrijmoedige houding te laten uitkomen.

Zonder onderdanige begroeting kwam hij meteen ter zake: 'Mijn arbeiders kunnen elkaar al horen! Voor zover ik het nu beoordelen kan, komt de ene ploeg een paar voet hoger uit dan de andere; ik neem aan dat zij elkaar morgen of op zijn laatst overmorgen ontmoeten.'

De korte mededeling joeg het bloed naar Polykrates' wangen. Dát was de kroon op zijn werk! De tunnel, die hij dwars door de berg liet graven om de stad te voorzien van het water van de bronnen aan de andere kant, vormde het toppunt van zijn bouwkundige ambitie. Als eenmaal verwezenlijkt was wat Eupalinos had ontworpen en uitgevoerd, zou de roem van dit bijzonder technisch kunnen op zijn naam, Polykrates, komen te staan. Híj zou allerwegen toegejuicht worden als de man die de ondenkbaar zware opgave tot een goed eind had weten te brengen. En weer ging het door hem heen: de goden zijn mij goed gezind.

Eupalinos legde een rol perkament op de tafel in de grote ontvangzaal en ontvouwde die. Met zijn wijsvinger gaf hij aan hoe ver het werk gevorderd was.

12

'Hier zit op het ogenblik de ploeg die vanaf de noordkant graaft,' zei hij, 'en hier, iets lager, zit de ploeg die van déze kant komt. U ziet, er is een klein verschil in hoogte, maar dat is geen probleem. Zodra de doorgang een feit is, kunnen we de vloer van beide gangen op elkaar laten aansluiten.

Ook Eupalinos was opgewonden. Hij wist als geen ander welke prestatie hij en zijn gravers hadden verricht. Hij was er zich eveneens van bewust dat niet zijn naam, maar die van de tiran voor eeuwig verbonden zou blijven aan dit meesterwerk van techniek: een tunnel van zeven stadiën lengte, met handkracht door het gebergte gehouwen. Eupalinos was trots, maar níet ijdel. Met een ruk rechtte Polykrates zijn rug. Hij stak zijn hand uit naar de bouwmeester. 'Goed gedaan, Eupalinos! Deze prestatie zal in de hele wereld bekend worden. Ik zal je vorstelijk belonen!'

Er verscheen een flauw glimlachje op het gezicht van de ander.

'Zodra de doorbraak een feit is, richt ik voor mijn arbeiders een feest aan,' was het antwoord. 'Met uw goedvinden ga ik nu terug naar de berg. Ik wil het moment van de ontmoeting niet missen.'

Verbaasd keek Polykrates zijn bouwmeester na, die zonder antwoord af te wachten de zaal verliet. Even later hoorde hij diens voetstappen op de trap. Vanaf het balkon zag hij hem door de inmiddels tot leven gekomen straten in de richting van de tunnel verdwijnen.

De tunnel door de berg was acht voet hoog en even breed. Nadat de beide ploegen elkaar bereikt hadden, liet Eupalinos de vloer van beide gangen op elkaar aansluiten en over de hele lengte een watergeul uitgraven. Toen het eerste water de stad bereikte, liet de tiran grootse feesten aanrichten. Dagen- en vooral nachtenlang vierden de inwoners van de stad de totstandkoming van het uitzonderlijke waterwerk. Vrouwen flaneerden door de straten in hun kostbaarste gewaden, gevolgd door hun slavinnen. Ook de mannen toonden zich op hun voordeligst, vaak gesierd met gouden oorringen en armbanden. De havenkroegen waren tot diep in de nacht vol en de sterke drank stroomde door de kelen als het water door de tunnel.

Polykrates wist dat hij niet helemaal buiten de gunst van het volk kon. Hoewel hij veel hoorde klagen over de hoogte van de belastingen, wist hij het volk steeds weer op het juiste moment met feesten en gratis wijn en bier gunstig te stemmen. Wie dagen tevoren nog gejammerd had over de zware lasten die hem werden opgelegd, verbaasde zich nu over zijn vroegere uitlatingen. Met een beneveld brein was menigeen ervan overtuigd dat Samos gezegend was met een heerser die het eiland tot welvaart en bloei had weten te brengen.

'Leve Polykrates, onze heer.'

Toen de eerste schepen na het langdurige feest weer uitvoeren, verspreidden de berichten over het technisch wonder van de tunnel zich snel over de eilanden. In onwaarschijnlijk korte tijd wist men in alle handelsposten aan de Egeïsche Zee en langs de Grote Groene wat Polykrates nu weer had verricht. Ook tot de Hellenen in het verre Naukratis drong het nieuws door – en niet lange tijd later bereikte het het paleis van de farao.

Farao Amasis zat onder de hoge dadelpalmen aan de rand van de vijver. Het was een hete dag geweest, maar toen de zon was weggezakt achter de rand van de wereld, werd het koeler. Het zou niet lang meer duren of de harde woestijnwind zou opsteken en de hitte van de dag geheel verdrijven.

Amasis hield van de avonden. Na de beslommeringen van de dag zat hij graag nog wat uit te rusten bij de stille vijver omzoomd door blauwe lotusbloemen en papyrusbosjes. Naast hem stond een ivoren tafeltje met daarop een gouden beker, tot aan de rand gevuld met wijn, en een albasten schaal met dadels, vijgen en granaatappels. Tegenover hem zat, in een rieten stoeltje, zijn persoonlijke schrijver. Bij het spaarzame licht van een olielampje had deze zojuist de inhoud van een brief vertaald, die door een speciale koerier uit Naukratis naar de hoofdstad was gebracht.

De schrijver van de farao was weliswaar nog jong, maar bijzonder begaafd. Hij sprak en schreef niet alleen de beide talen van Kemi, maar ook het Ionisch en hij wist de verschillende dialecten van de eilanden te ontcijferen. Bovendien genoot hij het absolute vertrouwen van zijn vorst.

De brief die hij Amasis had voorgelezen, was afkomstig uit Samos. De heerser van Samos bracht daarin zijn vriend en bondgenoot in Mennofer enthousiast op de hoogte van het feit dat zijn bouwmeester erin geslaagd was een tunnel door het gebergte te graven om bronwater naar de stad te leiden. Amasis dacht terug aan het bezoek dat hij, samen met Ladike, zijn Helleense vrouw, enkele jaren tevoren aan Samos had

14

gebracht. Toen had Polykrates hem voor het eerst zijn grootse plannen onthuld. De beide heersers hadden op het balkon van het paleis staan kijken naar de berg in de verte. Amasis had de plannen van de tiran 'indrukwekkend' genoemd, maar in zijn hart had hij sterk getwijfeld aan de uitvoerbaarheid ervan. Diplomatiek had hij die twijfels verzwegen.

Water is rijkdom, bedacht hij nu. In Kemi was het hele leven afhankelijk van de overstromingen van de Hapi. Daar waar de rivier ieder jaar weer buiten zijn oevers trad en een sliblaag achterliet als hij weer in zijn bedding terugtrok, was het land vruchtbaar en leverde rijke oogsten. De woestijn ten oosten en ten westen van die vruchtbare strook bleef dor en droog. Hoe vaak had hij zelf niet gespeeld met de gedachte dat het toch mogelijk moest zijn het water verder de woestijn in te leiden om grotere gebieden vruchtbaar te maken. Hij had er met zijn viziers over gesproken, maar tot dusverre was er nog niemand in geslaagd de gedachte in daad om te zetten.

Ook Samos, het welvarende eiland van Polykrates, kende tijden van grote hitte. Het was wel vele bronnen rijk, maar die lagen in het gebergte. De stad zelf had vaak te kampen met droogte en daaraan wenste Polykrates een eind te maken door een tunnel dwars door de berg te graven en zo het water van de andere kant naar de stad te leiden. Het leek een onuitvoerbaar hersenspinsel. Dat het uiteindelijk toch gelukt was, vervulde de farao met verbazing en bewondering.

'Haal een beker wijn,' zei hij tegen de schrijver. 'Of beter, haal een hele amfoor, ik wil ook nog wat drinken.'

De jongen ging het gevraagde halen. Korte tijd was de farao alleen met zijn gedachten. De papyrusstengels aan de vijverrand ritselden in de wind. Amasis nam de gouden beker van het tafeltje en leegde hem in enkele teugen. Polykrates is gelukt wat mij niet lukken wil, ging het door hem heen. Een licht gevoel van jaloezie kwam boven. Wat heeft die man dat ik niet heb? Maar het antwoord kwam als vanzelf in hem op: Polykrates beschikt over de juiste mensen. Hij heeft bouwmeester Eupalinos. Want Amasis wist heel goed wie de eer van de prestatie toekwam.

Voetstappen achter Amasis onderbraken zijn gedachtenstroom. De schrijver vulde uit een amfoor eerst de gouden beker van zijn vorst, daarna zijn eigen aardewerken beker. Toen zette hij de amfoor met de punt diep in de grond en ging weer op zijn stoeltje zitten. Hij schrok even toen de farao begon te spreken.

'De tiran van Samos heeft geluk. Hij heeft te veel geluk! Alles wat hij aanpakt, slaagt. Daarin schuilt een groot gevaar.'

Amasis' woorden waren meer tot hemzelf dan tot zijn schrijver gericht. De jongeman wist in zijn verwarring geen antwoord te bedenken. Maar Amasis had niet op antwoord gerekend. In de nu donkere tuin kon de schrijver zijn profiel vaag zien in het licht van de maan. Het leek onnatuurlijk bleek en scherp getekend.

Een koude windvlaag deed de oliepit flakkeren en een vleug scherp woestijnzand bedekte plotseling het tafeltje. De farao stond op en klopte zijn kleed af. 'Morgen dicteer ik je een brief,' zei hij. 'Ik verwacht je direct na het ontbijt.'

Nadat de farao in zijn paleis verdwenen was, zat de schrijver nog een poosje aan de rand van de vijver. Boven hem stond een wolkeloze hemel met ontelbare sterren en een bleke, bijna volle maan. De piramiden in de verte tekenden donkere driehoeken tegen de fonkelende sterrenhemel. Even luisterde hij in de koude wind. In stilte riep hij de god Thoth aan om hulp, want hij wist dat hem morgen een moeilijke taak te wachten stond. En Thoth, de maangod, was ook de god van de wijsheid en de schrijvers.

In de grote ontvangzaal van Polykrates' paleis op de akropolis stond de jonge schrijver uit Kemi voor de troon van de tiran. Hij was, nadat farao Amasis hem een brief voor zijn vriend in Samos had gedicteerd, belast met de taak die brief in eigen persoon naar Samos te brengen en hem daar voor de tiran te vertalen. De schrijver voelde zich vereerd met die belangrijke opdracht. Toch was hij met gemengde gevoelens scheep gegaan, want hij was een man van Kemi en voelde zich niet veilig op open zee: van Naukratis naar Samos moest hij zich overgeven aan de gevaren van een lange zeereis. Ze hadden hem verzekerd dat de Samaina's van Polykrates de snelste en beste boten van de Grote Groene waren, maar dat kon niet verhinderen dat hij onderweg behoorlijk zeeziek was geweest.

Onmiddellijk nadat de boot in de oorlogshaven was binnengelopen en afgemeerd werd aan de lange havendam, was hij naar het paleis gegaan om audiëntie aan te vragen.

Polykrates liet de afgezant van zijn bondgenoot niet lang wachten. Een huisslaaf ging de schrijver voor door de lange gangen en over binnenplaatsen van het paleis. Wie gewend is in de omgeving van de

16

farao van de Twee Landen te verkeren, is niet snel onder de indruk van luxe en pracht. Maar de schrijver stelde verbaasd vast dat het paleis op de akropolis van het kleine eiland niet onder deed voor dat van zijn farao. Bij binnenkomst in de grote zaal viel zijn oog onmiddellijk op de schitterende fresco's en de gouden vazen, bekers en borden.

Polykrates zat op een marmeren verhoging op een brede met blad-goud versierde troon, die fonkelde in het zonlicht dat door het venster naar binnen viel. Een slaaf stond achter de zetel en wuifde met een grote waaier van pauweveren de tiran koelte toe. De schrijver maakte een diepe buiging. Een gebiedende, zware stem zei: 'Sta op, boodschap-per van mijn vriend. Zeg mij welk nieuws je mij brengen moet.'

Toen de schrijver overeind kwam was het eerste dat zijn aandacht trok de zware gouden ring met de grote smaragd, die de tiran aan zijn linker ringvinger droeg. Pas toen hij weer geheel rechtop stond kon hij het gezicht van de man op de troon zien. De schrijver had zich hem anders voorgesteld. De man tegenover hem was geen indrukwekkende verschij-ning. Zelfs in zittende houding maakte hij een kleine en gezette indruk. Maar de hoekige kin en de vierkante schouders duidden op onbuig-zaamheid en grote lichaamskracht. De donkere priemende ogen ston-den dicht bij elkaar, het voorhoofd was hoog en de donkere haren waren kort geknipt. Al met al was de verschijning niet koninklijk, eerder krijgshaftig en in elk geval gewelddadig.

Vaag was de schrijver zich bewust van de twee wachters, die onbeweeg-lijk in de hoeken van het vertrek stonden.

Hij keek onzeker om zich heen. In zijn handen droeg hij de rol papyrus, dichtbeschreven met hiërogliefen waarmee de boodschap van de farao was opgetekend. De schrijver legde de verzegelde rol eerbiedig in de handen van de tiran en deed een stap achteruit.

'Farao Amasis, Amon schenke hem leven, gezondheid en kracht, laat mij u deze brief brengen, heer. De boodschap is geschreven in de taal van de Twee Landen. Ik heb de opdracht de inhoud van de brief voor u te vertalen.' Polykrates verbrak het zegel en rolde de papyrus uit. Even liet hij zijn ogen glijden over de prachtige hiërogliefen, waarvan hij geen teken ontcijferen kon, maar die hem troffen door hun schoonheid.

'Breng een stoel voor de koerier uit Kemi,' beval hij. Onmiddellijk schoot een van de wachters toe en zette een stoel vóór de troon, precies in de baan zonlicht. Als de man uit Kemi opkeek, kon hij, tegen het licht in kijkend, de uitdrukking op het gezicht van de tiran tegenover hem moeilijk onderscheiden, terwijl hij zich er pijnlijk van bewust was dat hij zelf in het volle licht zat. Het maakte hem zenuwachtig. De ongewone omgeving en het feit dat hij nu de taak had de hiërogliefentekst zonder haperen of versprekingen in het Ionisch te vertalen, deed hem even beven. Hij had al zijn wilskracht nodig om te voorkomen dat zijn handen trilden toen hij de papyrus weer uit handen van de tiran aannam en glad trok. Hij begon vertalend voor te lezen:

'Amasis spreekt tot Polykrates als volgt: Ik heb het bericht ontvangen dat gij, mijn vriend en bondgenoot, erin bent geslaagd het levenbrengende water uit de bergen van uw land door een tunnel naar uw hoofdstad te leiden. De roem van deze uitzonderlijke prestatie zal tot in lengte van dagen verbonden blijven met uw naam en uw onderdanen zullen met nog grotere verering en bewondering over u spreken. Het doet mij zeer veel genoegen dat het u, mijn gastheer en vriend, zo goed gaat. Eens hoop ik tezamen met u, dit nieuwe wonder van technisch kunnen zelf te aanschouwen.'

Tot zover had de schrijver met de vertaling geen moment gehaperd. Even keek hij op, maar de zonnestralen verblindden hem. Hij slikte en ging even verzitten voor hij verder las. Hoe zou de tiran de volgende zinsnede opnemen? Zou hij woedend worden? Zou hij zijn ongenoegen misschien op de brenger van de brief uitvieren? De schrijver kende de vaak van het ene op het andere ogenblik wisselende stemmingen van de machtigen der aarde. Niet zelden werd een brenger van onaangenaam nieuws het slachtoffer van de woede van de ontvanger.

'Toch moet ik u meedelen, mijn vriend, dat uw uitzonderlijk geluk op elk gebied mij met zorg vervult. Ik weet namelijk dat de goden jaloers zijn. Het lijkt mij voor mijzelf en voor mijn vrienden beter afwisselend nu eens geluk en daarop weer ongeluk te leren kennen, dan altijd alleen maar geluk.' Polykrates op zijn troon schraapte zijn keel alsof hij iets ging zeggen. De schrijver wachtte in angstige spanning, maar toen er niets kwam, ging hij door: 'Mijn vriend en gastheer, nog nooit heb ik iemand ontmoet of van iemand gehoord die, toen zijn leven ten einde ging, uitsluitend geluk gekend had. Luister naar mij en doe wat ik u zeg om gespaard te blijven voor de naijver der goden. Overweeg zorgvuldig wat u van uw aardse goederen het liefst is: het voorwerp over het verlies waarvan u het meest zou treuren. Doe daarvan afstand. Werp het weg, maar wel zó, dat het nooit meer door mensenhanden beroerd kan worden. Als het geluk niet regelmatig wordt afgewisseld door ongeluk, grijp dan zelf in en beïnvloed het lot op de manier die ik u voorstel. Wees gegroet, vriend en gastheer. Mogen de goden zich niet in naijver van u afwenden. – Amasis, farao van de Twee Landen.'

De schrijver zweeg. Nóg kon hij niet beoordelen hoe de boodschap was overgekomen. Nóg vreesde hij ieder ogenblik het bevel te horen hem gevangen te nemen, hem weg te slepen, wellicht te doden.

De stilte duurde lang, in het gevoel van de schrijver wel een eeuwigheid. Plotseling stond de tiran op. Met zware stap daalde hij de drie marmeren treden af tot hij recht tegenover de schrijver kwam te staan. Klein is de tiran van Samos, ging het door de jongeman heen, maar wel met een lichaam als een blok graniet. Het was of hij de uitstraling van kracht op drie voet afstand kon voelen. Om zich een houding te geven begon hij de papyrus weer op te rollen.

Polykrates strekte zijn hand uit en nam het document van hem over. 'Breng de koerier naar het gastenverblijf,' zei hij tegen de slaaf. 'Geef hem te eten en te drinken.'

Zonder nog om te kijken liep hij met vaste tred de ontvangzaal uit.

Duizelig van de doorstane spanning volgde de schrijver de huisslaaf.

Enkele dagen verstreken. De koerier was nog niet naar Kemi teruggekeerd. De weinigen die de inhoud kenden van de boodschap die Polykrates had ontvangen, bespeurden geen enkele reactie in het gedrag van de tiran. Even nog werd er in het paleis gefluisterd over de vreemde inhoud van het document, maar algauw vergat men het.

Toch was er iemand die zag dat Polykrates iets dwars zat, dat hij met zijn gedachten niet bij de gewone dagelijkse dingen was. Hij kon heel afwezig reageren op hem gestelde vragen, hij werd snel ongeduldig en snauwde onnodig zijn bedienden af. Tijdens de maaltijden liet hij zijn bord halfvol staan, en hij dronk meer dan voor hem gebruikelijk was.

Phileia, Polykrates' dochter, die veel van haar vader hield, merkte de verandering in hem. Op een avond, toen ze hem alleen aantrof in zijn werkkamer met de hiërogliefenrol in zijn handen, vroeg ze wat hem scheelde, of hij zich niet goed voelde. Ze legde verband tussen zijn zwijgzaamheid en het bezoek van de koerier uit Kemi, maar toen hij haar een ontwijkend antwoord gaf besloot ze haar gedachten zonder omwegen uit te spreken.

'Vader, welk slecht nieuws heeft de boodschapper van de farao u gebracht? Wat is er de oorzaak van dat u de laatste dagen zo somber bent? Er is toch alleen maar reden tot vreugde nu de tunnel een succes geworden is?'

Ze strekte haar hand uit, greep de papyrus en rolde die uit op tafel. Hij liet toe dat ze de brief glad streek. Haar ogen gleden over de voor haar onbegrijpelijke tekens. Ook zij kwam onder de indruk van het fraai uitgevoerde schrift, een kunstwerk op papyrus, getekend met fijne lijnen. Ze streek met haar vinger over de koningscartouche, de ondertekening van de farao. Wat stond er in die brief, die haar vader zo uit zijn evenwicht gebracht scheen te hebben?

De tiran was niet gewend zijn problemen met wie dan ook te bespreken. Alleen zijn dochter kon hem soms, door haar vrijmoedigheid, tot een zeldzame vertrouwelijkheid brengen. Hij stond op en liep naar het raam, dat uitkeek op de zee. De zon was kort tevoren als een rode bal achter de westelijke horizon ondergegaan. De schemering vervaagde alle contouren. Nu de wind was gaan liggen leek het water een plas gesmolten zilver in het zachte maanlicht. Phileia zag haar vader als een donker silhouet voor de raamopening staan. Als een brok graniet, dacht ook zij. Zo sterk als een brok graniet. Wat brengt hem dan uit zijn evenwicht? Hij was de machtigste man in de wijde omtrek. Wie of wat kon een bedreiging voor hem vormen? Ze schrok op toen hij, nog steeds van haar afgewend, begon te spreken.

'De muur,' zei hij, 'de haven, de Samaina's, de tunnel, de vergevorderde bouw van het Hera-heiligdom, álles mijn werk. Alles door mij ontworpen en door mijn onderdanen uitgevoerd.'

'De goden zijn u goed gezind,' was haar enig commentaar.

Met een ruk keerde hij zich af van het venster. Hoewel ze zijn gezicht in de nu donkere kamer niet kon zien, voelde ze zijn ogen op haar gericht. 'De goden zijn naijverig.' Het kwam eruit als de vaststelling van een onomwonden feit.

Phileia schrok. Voor ze vragen kon wat hij precies bedoelde, had hij het haar al uitgelegd.

'Amasis schrijft mij, dat de goden naijverig zijn op zoveel succes en geluk. Dat geen mens ooit sterft na een leven van uitsluitend geluk en succes. Het is de mens niet gegeven onverdeeld geluk te hebben. Dat is alleen het voorrecht van de goden. Amasis waarschuwt mij, dat de goden zich in hun jaloezie tegen mij zullen keren.'

Phileia rilde even. Nooit had ze aan een dergelijke mogelijkheid gedacht. Haar vader was voor niemand bang, hij was in staat alle vorsten en machthebbers in de wijde omgeving de baas te blijven. Maar wie kan zich meten met de goden?

'Breng een offer,' was het enige antwoord dat in haar opkwam. 'Breng een bijzonder offer, meer kan een mens toch niet doen.'

'Ja,' zei hij vaag. 'Een heel bijzonder offer... Meer kan een mens niet doen.'

De zoon van Mnesarchos

Vroeg in de morgen van de volgende dag vroeg Mnesarchos, de bouw-meester van de Apollo-tempel, audiëntie aan op het paleis.

Mnesarchos was een welvarend man. Hij behoorde tot de beste fami-lies van het eiland. Hij had veel gereisd, kennis vergaard uit alle omlig-gende landen en behoorde tot een kleine kring van aristocraten, die door de tiran met gemengde gevoelens geduld werd. Aan de ene kant had de vorst zijn geleerden hard nodig, aan de andere kant vreesde hij hun intellect. Daar kwam nog bij dat Mnesarchos ereburger van Samos was, daar hij het eiland van de hongersnood gered had door het vanuit zijn geboorte-eiland Lemnos te voorzien van grote hoeveelheden graan.

Voor de bouw van de Apollo-tempel had Mnesarchos zijn beloning nog niet ontvangen. De man was rijk, hij zat op geld niet te wachten. Daarom had de tiran hem gevraagd een speciale wens kenbaar te ma-ken, die hij bij wijze van beloning, zo dat enigszins mogelijk was, zou inwilligen. Het moment was gekomen dat Mnesarchos zijn wens ken-baar wilde maken.

In de grote ontvangzaal stonden beide mannen wat stijf tegenover elkaar. Mnesarchos had zichzelf moeten overwinnen om deze bespre-king aan te vragen. Hij was niet gewend om gunsten te vragen of die te accepteren.

'Neem plaats,' zei Polykrates. Met een gebaar stuurde hij zijn slaaf weg, want het was nog redelijk koel en soms kon hem het gewuif met de pauweveerwaaier irriteren.

'Wat voert je hierheen?'

Mnesarchos overwon zijn aarzeling. 'Ik ben gekomen, heer, om mijn wens aan u kenbaar te maken.'

'Ik hoop dat ik in staat ben die wens te vervullen.'

'U weet, heer, dat ik een zoon heb die bijzonder begaafd is.'

De tiran knikte. Het paste in zijn tactiek, precies op de hoogte te blijven van het doen en laten van alle aristocraten in zijn omgeving en natuurlijk ook van hun familieomstandigheden en van hun vriendenkring.

'Pythagoras,' zei hij, 'de zoon met wie je enige reizen naar Fenicia hebt gemaakt. Ik heb gehoord dat hij onderricht gehad heeft van Hermodamas en dat hij een poos op Mytilene is geweest, om daar zijn kennis te vergroten.'

Mnesarchos knikte. Hij wist maar al te goed dat de tiran zijn gangen liet nagaan.

'Op Mytilene woont een broer van mij. Toen Hermodamas te kennen gaf dat het tijd werd een leermeester buiten Samos op te zoeken, omdat hij de jongen alles al had bijgebracht wat in zijn vermogen lag, besloten wij Pythagoras een tijdje naar mijn broer te sturen, om daar bij de geleerde Pherekydes in de leer te gaan. Dat is gebeurd.'

'Ja, ja,' viel Polykrates hem in de rede. 'En daarna is hij naar Milete gegaan. Heeft hij daar niet bij Thales en Anaximander gestudeerd?'

Het was geen vraag, het was het vaststellen van een feit. Polykrates wenste duidelijk te maken dat hem niets ontging en dat hij op de hoogte was van alle doen en laten van zijn onderdanen. Hij wist ook heel goed dat de jonge Pythagoras indertijd samen met zijn Samische leermeester Hermodamas 's nachts in alle stilte naar Mytilene was afgereisd, om te voorkomen dat Polykrates van zijn reis zou horen en hem die dan wellicht zou verbieden. Sinds het vertrek naar Mytilene waren vier jaren verstreken en Mnesarchos had gehoopt, dat in die jaren de tiran zijn belangstelling voor Pythagoras zou hebben verloren. Tevergeefs!

Nu bleek dat dat valse hoop geweest was, dat de tiran op de hoogte was van elke stap, van ieder contact van zijn onderdanen in het buitenland. Stond er een lichte spot te lezen in de donkere priemende ogen, die nu recht op Mnesarchos waren gericht? Mnesarchos had moeite niet te laten blijken hoe geërgerd hij was.

'Hermodamas onderwees hem vooral in de muziek,' zei hij afgemeten, 'Pherekydes in geloofszaken, Thales in de astronomie, Anaximander in aardrijkskunde en natuurwetenschappen.'

Hij wist dat hij de tiran niets nieuws vertelde. Natuurlijk was Polykrates ook hiervan op de hoogte.

'Mijn zoon is uitzonderlijk begaafd.' Er klonk duidelijk trots door in Mnesarchos' stem. 'Alle geleerden van wie hij onderwijs genoot, spraken hun waardering uit. Allen zijn van mening dat hij zijn kennis verder moet uitbouwen en dat hij daarvoor naar de priesterscholen van Kemi moet.'

Er viel een stilte, die alleen verstoord werd door het hinderlijk ge-zoem van een vette vlieg.

'En?'

'Om in Kemi de geheime wetenschap van de priesters te bestuderen, moet men eerst tot priester gewijd zijn. Mijn zoon heeft zijn wijdingen al gehad in de heiligdommen van Byblos en Tyrus. Dat is een uitstekende voorbereiding voor een opleiding in Kemi. Maar het is u ongetwijfeld bekend, dat het onmogelijk is voor een normaal mens, door te dringen tot de priesterkaste van Kemi. Mijn vraag is, heer, of u mijn zoon een aanbeveling voor de farao wilt meegeven, zodat hij in Mennofer, Helio-polis of Taape een opleiding aan een priesterschool kan volgen. De kennis die hij daar hoopt te vergaren zal ten goede komen aan het eiland. Het zou zonde zijn de begaafdheid van mijn zoon voor Samos verloren te laten gaan.'

'Hoe oud is je zoon nu?'

'Pythagoras is tweeëntwintig jaar.' En met enige tegenzin voegde Mnesarchos eraan toe: 'Hij zal Samos én uzelf tot eer strekken.'

Even verkeerde de tiran in tweestrijd. Hij hád zijn bouwmeester de ver-vulling van een wens toegezegd; de wens wás voor hem zonder enige moeite uitvoerbaar. Uiteindelijk won zijn ijdelheid het van zijn aangeboren arg-waan tegen mensen met een groter intellect dan het zijne. Het kon inder-daad van belang zijn als hij beschikte over een geleerde die zijn opleiding aan de priesterscholen van Kemi had gekregen. In Kemi waren wetenschap en godsdienst niet van elkaar te scheiden. En nog nooit was een Ioniër erin geslaagd tot de priesterkaste van de Twee Landen door te dringen.

Weer viel er een stilte. De vette vlieg was op de tafel tussen de beide mannen neergestreken en liep in de richting van de tiran. Met een klap van zijn rechterhand vermorzelde hij het insekt en veegde de resten van de tafel. Het was of hij daarmee een besluit genomen had.

'Een dezer dagen gaat een koerier naar Kemi met een boodschap voor farao Amasis. Ik zal hem een aanbeveling voor je zoon meegeven. Pythagoras kan met hem meereizen.'

De mededeling kwam zo onverwacht, dat Mnesarchos enkele tellen nodig had om die te verwerken.

Polykrates stond op. Dat was het teken dat hij het gesprek als beëin-digd beschouwde.

'Ik dank u,' zei Mnesarchos met een kleine buiging. 'Mijn zoon zal klaar staan als de koerier vertrekt.'

Met gemengde gevoelens keek Polykrates zijn bouwmeester na, die opgelucht de ontvangzaal verliet. Toen zuchtte hij diep. Hoewel de aanbevelingsbrief voor Polykrates niets te maken had met zijn eigen probleem, had hij met de mededeling dat er eerstdaags een speciale koerier van hem naar Kemi zou vertrekken, zijn besluit genomen. Automatisch draaide hij aan de gouden ring aan zijn linker ringvinger. Toen riep hij zijn huisslaaf.

'Zeg de schrijver dat ik hem na het middagmaal in mijn kantoor verwacht.'

Weer zat farao Amasis op zijn vertrouwde plek bij de lotusvijver. De schrijver, zojuist teruggekeerd van zijn missie, had kort mondeling verslag uitgebracht van zijn reis en het speciale geschenk van de tiran aan de farao in een kistje van cederhout overhandigd. Amasis verbrak het zegel. Hij nam het in een zachte wollen doek verpakte voorwerp op, verwijderde de verpakking en hield toen een schitterende gouden boot in zijn handen. In het rossige licht van de wegzakkende zon schoten de vonken van het glanzende voorwerp. Het schip was meer dan een voet lang en had ongeveer dezelfde hoogte. Tot in de kleinste details waren in het prachtige model de lijnen van de beroemde Samaina's nagebootst: de twintig riemen, de stuurriem, de in de wind bollende zeilen, de tuigage, zelfs de ram in de vorm van de kop van een ever aan de voorsteven, alles was natuurgetrouw nagebootst in massief goud.

Farao Amasis zette het kunstwerk voorzichtig neer op het ivoren tafeltje en bekeek het met onverholen bewondering. Hij begreep heel goed wat Polykrates met dit geschenk tot uitdrukking wilde brengen. Met gouden sieraden kon hij zijn vriend in Kemi niet imponeren, want de edelsmeden van de farao maakten kunstwerken die niemand kon evenaren. Maar een natuurgetrouwe kopie van de boot waarmee Samos de zeeën beheerste, was een demonstratie van macht. Als echte zoon van Kemi was farao Amasis niet vertrouwd met de zee. Als zijn onderdanen hun handelsreizen maakten, zorgden zij er altijd voor vlak onder de kust te varen, zodat zij 's nachts en bij slecht weer de oever konden opzoeken. Geen man van Kemi voelde zich veilig op volle zee. Dat was het domein van zijn bondgenoot: de tiran van Samos. Amasis wist dat het geschenk niet uitsluitend een eerbetoon aan hem, de farao van de Twee Landen was, het was evenzeer een duidelijke demonstratie van de macht van de schenker.

Geruime tijd bekeek de farao zwijgend de prachtige boot. Toen wendde hij zich tot de schrijver. 'Lees mij de boodschap uit Samos voor.'

In de stille avond was het fladderen van de vogels hoorbaar, die in de struiken rond de vijver hun nest opzochten. In de verte klonk het ijle geluid van een snaarinstrument. De schrijver voelde zich beter op zijn gemak dan op Samos. Zonder te aarzelen begon hij de brief voor te lezen.

'Polykrates spreekt tot Amasis als volgt: Ik ben verheugd te horen dat het u, mijn vriend en bondgenoot, in alle opzichten goed gaat. Moge de gunst der goden u blijven vergezellen. Ik dank u voor uw gelukwensen bij het tot-stand-komen van de tunnel, die mijn hoofdstad van water voorziet. Van naijver van de goden is mij tot dusverre nooit iets gebleken. Integendeel! Toch zijn de wijze woorden van u, mijn vriend, niet tot dovemansoren gesproken. Ik heb er lang over nagedacht en ik ben mét u tot de slotsom gekomen, dat een mens voorzichtig moet omgaan met de gunst der goden. Natuurlijk zijn de gebruikelijke offers bij het tot stand komen van de watervoorziening gebracht. Toch konden in dit bijzondere geval die offers wel eens niet voldoende zijn. Uw advies een zeer persoonlijk offer te brengen, lijkt mij juist. Ik weet ook welk offer dat zijn zal, welk voorwerp mij het liefste is en ik zal tijdens de komende Heraia-feesten, ter herinnering aan het huwelijk van Hera en Zeus, afstand doen van dit, mijn liefste bezit, en wel op een dusdanige wijze, dat nooit een mensenhand mijn offer zal kunnen beroeren.

'Op de boot die uw koerier weer naar Kemi terugbrengt, reist ook een man van Samos mee, die ik aan uw persoonlijke hoede zou willen toevertrouwen. Pythagoras, de zoon van een van mijn beste bouwmeesters, is een gewezen leerling van de geleerden Hermodamas, Pherekydes, Thales en Anaximander. Al deze leermeesters waren van mening, dat hij op vele gebieden uitzonderlijk begaafd is en dat hij zijn kennis nog slechts kan vergroten aan de priesterscholen van Mennofer, Heliopolis of Taape. Pythagoras is tweeëntwintig jaar oud en reeds in Fenicia tot priester gewijd. Ik weet, mijn vriend, dat nog nooit een Ioniër tot een van deze scholen is toegelaten, maar ik hoop en vertrouw, dat een aanbeveling uwerzijds de deuren voor hem zal openen. Wees overtuigd van mijn hoogachting en blijvende vriendschap.

Polykrates, tiran van Samos.'

Toen de koerier zweeg, beduidde Amasis hem dat hij kon gaan. Nadat de voetstappen van de jongeman niet meer te horen waren, was het enige geluid in de stille tuin het ruisen van het riet in de wind. Amasis leunde achterover in zijn zetel en dacht na.

Hoewel het hem verheugde, verbaasde hij zich er toch over dat zijn raad door de tiran werd opgevolgd. Het gaf hem het plezierige gevoel dat hij Polykrates kon beïnvloeden. Maar de vraag die hem in dezelfde brief gesteld werd, toonde aan dat Polykrates wat de toelating van een Ioniër tot een priesterschool in Kemi betreft, de macht van de farao overschatte. Priesterschap en wetenschap waren in Kemi niet te scheiden. De priesters waren de geschiedkundigen, de rechtsgeleerden, de artsen, de filosofen, de natuurvorsers, de astronomen en de architecten. En de priesters van Kemi wilden hun ambt vooral zien als een erfelijk ambt. De farao mocht voor de buitenwereld dan wel de machtigste man in zijn land zijn, tegen de onwil van de priesterkaste zou hij het moeten afleggen. Natuurlijk was Amasis niet van plan Polykrates dat te laten merken. Hij zou doen wat in zijn vermogen lag om de jonge geleerde uit Samos te laten opnemen in een van de drie scholen. Wáár zou hij de meeste kans hebben? Mennofer, Heliopolis of Taape? Wat was het verschil? Pythagoras zou in Kemi als persoonlijk gast van de farao kunnen verblijven en als normaal burger zijn kennis vergroten. Maar het was de farao duidelijk dat een man van dát formaat daarmee niet tevreden zou zijn. Die wilde ingewijd worden in de geheime wetenschap van de priesters. En daarvoor zou hij om te beginnen eerst een priesterwijding in Kemi moeten hebben, naast de Fenicische. Er stonden Pythagoras grote moeilijkheden te wachten. Amasis zuchtte. Hij zat als het ware tussen twee vuren maar was niet van plan zijn gezicht te verliezen.

Het grote feest in het Heraion ter herdenking van het huwelijk tussen Hera en Zeus was in volle gang. Over de Heilige Weg, die van de stad naar het heiligdom voerde, trokken processies van zingende en dansende feestgangers. Sinds de grote tempelbrand was er alles aan gedaan om de schade zo snel en zo goed mogelijk te herstellen. Polykrates had bouwmeester Theodoros, de zoon van de grote Rhoikos, die de vorige stenen tempel gebouwd had, opdracht gegeven kosten noch moeite te sparen om het heiligdom in nog grotere glorie te doen herrijzen, maar het bouwwerk was nog niet voltooid. Aan weerszijden van de tempel rezen twee rijen marmeren zuilen omhoog. De muren waren gebouwd van blokken vuursteen, de belangrijkste gedeelten van wit marmer. Het schip van de tempel bestond uit twee delen: de voorhal en het heiligdom, waarin het koperen standbeeld van de godin stond, door de Samische beeldhouwer Smilis gemaakt. Er stonden nóg twee beelden van de godin in de tempel, één gezeten op een troon met aan haar voeten haar symbolen, een wilgetak en twee pauwen, en één staand beeld, van marmer, waar Hera een lange sluier droeg, bijeengehouden met een gouden diadeem.

Rond de tempel stonden beelden die aan uiteenlopende godheden gewijd waren, en waarvan vooral het Afroditebeeld opviel door zijn bijzondere schoonheid. Alle deelnemers aan het feest gaven hun offers af in de daarvoor bestemde schathuizen. Aan het strand lag een boot uit Alysia afgemeerd, die terracotta beelden voor de godin had aangevoerd. Een boot uit Kemi had offergaven van Amasis naar het heiligdom gebracht.

Na het deponeren van hun offers dromden de mensen samen op de oever van de Imbrasos, waar aan lange braadspeten vlees van de offerdieren geroosterd werd, nadat de belangrijkste delen daarvan op het altaar voor de godin waren verbrand. Jonge tempeldienaren gingen rond met amforen wijn, vrouwen droegen honingkoeken aan.

Tegen het middaguur verscheen de tiran aan het hoofd van een afdeling ruiters. Hij was in het wit gekleed, evenals zijn volgelingen. De gepoetste paardetuigen glommen in de zon. Alle dieren waren van de edelste soort, in de moerassen bij de Imbrasos gefokt.

Polykrates legde zijn offergaven aan de voet van het bronzen beeld en trad daarna naar buiten in de felle zon. De menigte, die verwachtte dat hij een toespraak zou houden, dromde samen onder de hoge lygosboom, maar de tiran daalde de treden van de tempel af zonder aandacht te schenken aan zijn onderdanen. Zonder deelgenomen te hebben aan de maaltijd bij de braadspeten liep hij rechtstreeks naar de handelshaven. Er lag daar een bemande Samaina gereed. Polykrates ging met zijn gevolg aan boord en liet, tot verbazing van de feestvierders, de boot afvaren. Niemand begreep wat de tiran van plan was. Ook de bemanning van de Samaina niet. Maar men was gewend bevelen op te volgen zonder naar de reden te vragen. Vanaf het strand keken de aanwezigen enige tijd de snel kleiner wordende boot na. Toen die in de verte verdwenen was keerde men terug naar het tempelterrein en algauw vergat men het merkwaardige gedrag van Polykrates.

Op zee werden de riemen ingetrokken, het zeil bolde in de wind. De stuurman vroeg waarheen hij koers moest zetten. De tiran beduidde alleen maar dat hij om de landpunt heen in noordelijke richting varen moest, richting Chios. De Egeïsche Zee tussen Samos en Chios was diep en verraderlijk. Geen schipper koos zonder dwingende redenen dat stuk van de zee. Wat was de tiran van plan?

Hier en daar werd een vraag gefluisterd, niemand kon antwoord geven. De tiran zat op de voorplecht en naar de uitdrukking op zijn gezicht te oordelen, verschafte het doel van zijn tocht hem geen genoegen. Zijn vreemde gedrag liet niet na indruk op de bemanning te maken. De tijd verstreek zonder dat er iets gebeurde. De wind wakkerde aan. Niemand sprak. De zon begon al weg te zakken naar de horizon toen Polykrates plotseling opstond. De korte deining deed de boot onaangenaam schommelen, het wijde witte gewaad van de tiran wapperde als een sluier in de wind. Polykrates gaf zijn gevolg te kennen op te staan en zich om hem heen op te stellen. Tot grote verbazing en verrassing van alle aanwezigen trok hij plotseling de zware gouden ring met de smaragd van zijn linker ringvinger en wierp hem met een wijde boog ver van zich af in zee. Er ging van dat gebaar iets dreigends uit, dat nog versterkt werd door het besef van allen die het zagen gebeuren, dat de zojuist weggeworpen ring voor Polykrates van bijzondere betekenis was. Maar niemand durfde een opmerking te maken. Enkele ogenblikken keek Polykrates recht voor zich uit. Toen keerde hij zich naar zijn mannen. 'De ring, die Theodoros in mijn opdracht voor mij maakte,' zei hij, 'was mijn liefste persoonlijke bezit. Ik heb gemeend dit offer te moeten brengen, niet alleen aan Hera en Zeus, maar aan alle goden die mij zozeer gunstig gestemd zijn geweest, dat ik Samos heb kunnen opstuwen tot de belangrijkste zeevarende macht in de Egeïsche Zee en tot de belangrijkste handelsmacht tussen de Propontis en de Twee Landen. Ik draag daarom dit persoonlijke offer op aan álle goden die mij bijstonden en ik wierp hem in het diepste gedeelte van de zee die ons eiland omringt, opdat geen mensenhand dit offer ooit zal kunnen beroeren.'

Niemand wist zich een houding te geven. Het was of de tiran, nadat hij zijn besluit, dat hem kennelijk veel moeite had gekost, had uitgevoerd, een last van zich afgewenteld had. Zijn strakke gezicht kreeg een andere uitdrukking. Met enkele woorden gaf hij de schipper opdracht de boot te keren. 'Mogen de goden mijn offer aanvaarden,' zei hij voor hij een zitplaats opzocht die enige bescherming tegen de wind gaf. En zijn mannen herhaalden: 'Mogen de goden het offer aanvaarden,' voor zij zijn voorbeeld volgden.

Op de terugweg naar de haven bij het Heraion werd met geen woord meer over het voorval gesproken.

Farao Amasis hield een audiëntie. Gezeten op zijn gebeeldhouwde, met bladgoud versierde zetel keek hij neer op de jongeman uit Samos, die hem door zijn vriend en bondgenoot Polykrates bijzonder werd aanbevolen.

De schrijver, naast de zetel van de farao staande, fungeerde als tolk.

Pythagoras, die zelf stamde uit een rijk geslacht, was niet snel geïmponeerd door macht en rijkdom. Maar als liefhebber van schone kunsten bewonderde hij de uitzonderlijke sieraden die de heerser over de Twee Landen droeg: de brede halskraag van goud, kornalijn, turkoois en groene faience; de zware, brede gouden armbanden aan beide armen en de ring met de amethisten scarabee. Langzaam gleden Pythagoras' ogen van de in sandalen van opengewerkt goud met email gestoken voeten omhoog tot zij bleven rusten op het strakke, onbewogen gelaat van de vorst, gekroond met de dubbele kroon van de Twee Landen, de rode van Tameh, de hoge witte daar bovenuit stekend van Tares. Om het voorhoofd liep de brede gouden band met de cobrakop. Het moest een zware last zijn, deze tekenen van koninklijke waardigheid zo lang te moeten dragen, nog ongeacht de hitte van de dag.

Amasis' donkere, ceremonieel bruin geschilderde gezicht, met de groen geverfde oogleden onder de gepenseelde wenkbrauwen leek een masker, maar in dat masker leefden de ogen en namen de man uit Samos nieuwsgierig van hoofd tot voeten op.

Toen hij begon te spreken was de stem vrij hoog en niet onvriendelijk. 'Polykrates, mijn vriend en bondgenoot, vraagt mij te bewerkstelligen dat je een plaats krijgt op een van Kemi's priesterscholen. Wat is er de reden van dat een man van Samos hier studeren wil?'

Pythagoras antwoordde met een enkele zin: 'Ik wil mijn kennis vergroten, heer.'

'Men zegt mij, dat je tot priester gewijd bent, dat je gestudeerd hebt bij alle grote geleerden. Waarom dan nu een studie in mijn land?'

Pythagoras was op de vraag voorbereid. Hij keek de farao onbevreesd recht in de ogen. 'Hermodamas heeft mij onderwezen in de dichtkunst en de muziek, heer; op Mytilene heeft Pherekydes mij ingewijd in zijn werk over God en de Wereld; twee jaren verbleef ik in Milete, waar Anaximander mij in de natuurwetenschappen onderwees en ik mocht zelfs de bijna negentigjarige Thales ontmoeten. Zij allen waren van mening, dat ik mijn kennis nog slechts kon vergroten aan de priesterscholen van Kemi. Ik heb mijn wijdingen ontvangen in Byblos en Tyrus – ik heb de Fenicische mysteriën leren kennen; ik heb dit alles slechts beschouwd als een inleiding tot wat ik in uw land hoop te leren.'

Hoewel Amasis' ijdelheid was gestreeld, wist hij maar al te goed dat zijn priesters zich nooit een leerling lieten opdringen die niet uit de eigen priesterkaste afkomstig was. Nog nooit was het een buitenstaander gelukt tot hun gelederen door te dringen, zelfs de eerbiedwaardige Thales niet, die toch vele jaren in Kemi had geleefd. De farao wist dat zijn bondgenoot Polykrates zijn macht in deze overschatte, maar kon hij dat tegenover deze jonge vreemdeling toegeven?

'Wie toegelaten wil worden tot Kemi's priesterscholen, moet in Kemi tot priester gewijd zijn, niet ergens anders.'

Pythagoras wist dat hij de farao in een moeilijk parket bracht. Hij kon dan wel een god zijn in de ogen van zijn volk, de priesters lieten zich op hun eigen gebied niets voorschrijven. Maar Pythagoras was vastbesloten zijn doel te bereiken; hij was zelfs bereid daarvoor vernederingen te ondergaan. 'Ik ben bereid mij aan alle eisen te onderwerpen.'

Amasis zuchtte. Hij voelde ergernis boven komen, ergernis voortspruitend uit een gevoel van onmacht. Het was of hij lijfelijk aanvoelde dat de jonge geleerde uit Samos, die zo'n zachtaardige indruk maakte, over een onwrikbare wil en een groot incasseringsvermogen beschikte. Amasis was niet van zins hem te laten merken dat zijn eigen macht niet onbeperkt was.

'Ik zal mijn schrijver een aanbeveling voor de opperpriester in Heliopolis laten opstellen. Je kunt hem morgen in ontvangst komen nemen. Ik wens je veel succes.'

'Ik dank u, heer,' zei Pythagoras met een buiging. Hij wist, zonder dat hem dat gezegd was, dat er nog een lange moeizame weg in het verschiet lag voor hij zijn doel zou hebben bereikt.

Het oude Heliopolis was, in tegenstelling tot Mennofer en Taape, een priesterstad. Er leefden geen gewone mensen binnen de ringmuur die de kloosters in de uitlopers van het Mokattamgebergte omsloot.

Farao Amasis had Pythagoras een jonge tolk meegegeven, die hem tevens de weg kon wijzen.

Na een lange voettocht was Pythagoras aangenaam verrast bij het naderen van de stad, te midden van sinaasappel-, granaatappel- en abrikozebomen, naast een wilde vijgeboom een meer dan manshoge monoliet van roodachtig graniet te zien. Hij had gehoord dat de bron die erbij lag bitter water bevatte en de 'Zonnebron' genoemd werd. Pythagoras bleef bij de zuil staan. Hij bestudeerde de hiëroglief entekst. Hij kon de tekens niet lezen, maar hoorde van zijn begeleider dat de zuil gewijd was aan de zonnegod. Hiëroglief en leren lezen, dát was Pythagoras' eerste doel. Maar niet alleen het hiëroglief enschrift van de priesters moest hij beheersen, hij kon evenmin buiten de kennis van de demotische volkstaal, wilde hij in Kemi iets bereiken.

Hoopvol gestemd liep hij naar de poort van de priesterstad. Hier was de zetel der wijsheid, de zonnetempel, waar, zoals zijn leermeesters hem hadden verteld, iedere vijfhonderd jaar de vogel Feniks uit het Oosten komt om in de vlammen van een brandstapel van geurend hout te verbranden en daarna verjongd weer uit de as te herrijzen. Er werd gezegd dat de priesterschool van Heliopolis moderner was dan die in de steden Mennofer en Taape. Pythagoras meende daarom, en Amasis moest hetzelfde verondersteld hebben, dat hij hier als buitenstaander de beste kans maakte opgenomen te worden. Maar juist in Heliopolis moest hij de eerste grote teleurstelling in Kemi incasseren. Nadat een poortwachter naar het doel van hun komst had gevraagd, begeleidde een slaaf hen door lange gangen en over in de zon blakerende binnenplaatsen naar een koele ontvangkamer. Het wachten duurde lang. Buiten zinderde de hitte. In de verte klonk muziek van snaarinstrumenten en trommels. Verder was het doodstil in het gebouw.

Na een tijd die eindeloos leek, verscheen de opperpriester, een reusachtige man, gehuld in een luipaardvel. Hij nam plaats op een hoge zetel tegenover de beide aangekomenen. Hij nam de boodschap van Amasis aan en legde die op een tafel. Hij boog het hoofd om de tekst te bestuderen. Zijn kaalgeschoren kruin glom in de hitte van de dag. De priester deed lang over het ontcijferen van de hiëroglief en. Hij won er tijd mee om te kunnen overwegen op welke manier hij de wens van de farao kon negeren zonder dat deze de weigering als belediging zou opvatten. Pythagoras voelde van de figuur in het luipaardvel een golf van onverzettelijkheid en onwil uitgaan. Hij wachtte.

Langzaam hief de priester het hoofd. Via de kleine tolk ontspon zich een kort gesprek.

'Ik lees hier, dat u wilt worden opgenomen in de heilige priester-school van de Zonnetempel. Waarom?'

En weer antwoordde Pythagoras, zoals hij de farao geantwoord had: 'Ik wil mijn kennis vergroten. Dat kan ik slechts hier.'

'Wie in de Zonnetempel leeft moet tot priester gewijd zijn. Dat is de enige mogelijkheid hier toegelaten te worden.'

'Ik ontving mijn wijdingen in Fenicia.'

Terwijl Pythagoras de woorden uitsprak, wist hij wat de reactie zou zijn.

'Fenicische wijdingen gelden hier niet.'

Voor het eerst werd Pythagoras geconfronteerd met het feit dat níet de farao, maar zijn priesters de hoogste macht in Kemi bezaten. Het bracht hem even uit zijn evenwicht. Aandringen zou niet het gewenste resultaat hebben. Nieuwsgierig vroeg hij zich af welke uitvlucht de man zou bedenken. Ondanks zijn teleurstelling voelde hij zich licht geamu-seerd.

'Het ligt meer voor de hand dat een in Fenicia tot priester gewijde zijn verdere opleiding volgt in Mennofer dan in Heliopolis,' zei de opper-priester. Pythagoras zag een paar zweetdruppels over het kale hoofd omlaag glijden. Kwam dat alleen van de hitte? Met enige bewondering voor de vindingrijkheid van de man die hem afwees, hoorde Pythagoras hem de uitvlucht formuleren:

'In Mennofer staat de tempel van Ptah. In de residentie van de farao is een buitenstaander beter op zijn plaats dan in ons afgesloten klooster-leven. Ik moet u verwijzen naar Mennofer, naar de tempel van Ptah, het Oervuur.' En alsof hij haast had de vreemdeling zo snel mogelijk te lozen, liet hij erop volgen: 'Ik zal u naar het gastenverblijf brengen, waar u kunt uitrusten van de vermoeienissen van de tocht. Ik raad u aan morgen bij het aanbreken van de dag te vertrekken om de grootste hitte te vermijden.'

Hij rolde de papyrus met de boodschap van de farao weer op. Terwijl hij hem Pythagoras aanreikte zei hij: 'Ik wens u een goede reis naar de tempel van Ptah.'

Het geweigerde offer

Net voor de grote voorjaarsstormen wist de Samaina 6 de veilige oorlogshaven te bereiken. Ze was nog niet afgemeerd of hagelbuien kletterden neer en bedekten in korte tijd de stad, de havendam, de kade met huizen en kroegjes met een grof wit dek. Zo'n voorjaarsstorm duurde nooit lang, al waren de windstoten gevaarlijk en bleef het water rond het eiland lange tijd onrustig. In de havenkroeg van Alexandros kwamen de zeelui bijeen om de thuiskomst met veel drank te vieren en om verslag te doen van de gebeurtenissen tijdens de tocht.

De bemanning van de Samaina 6 bestond uit vijftig roeiers, op de meeste tochten aangevuld met tien hoplieten, want het doel van de tochten was beslist niet alleen handeldrijven. Waar dat zo uitkwam, waar het nuttig of voordelig leek, werd de piraterij druk beoefend. Iedereen op Samos wist dat vooral déze boot steeds vaker overging tot piraterij en meestal met grote buit thuisvoer.

Alexandros, de waard, was bij alle zeelui zeer geliefd. Dat kwam vooral doordat hij gewend was de bemanning van iedere terugkerende boot één rondje gratis te verstrekken. Zo'n gebaar wordt op prijs gesteld – het bezorgde hem ook de grootste klandizie.

Alexandros sloeg een nieuw vat wijn aan en schonk de bekers vol. Hij was een goedmoedige kerel, lange tijd zelf zeeman geweest en hij kende zijn klanten bijna allen persoonlijk.

Zodra iedereen bediend was, schoof hij aan bij een van de tafeltjes. Het viel hem op dat hij alleen de roeiers van de boot had zien binnenkomen. Waar waren de hoplieten gebleven? Maar hij hoefde de vraag niet eens te stellen.

'We hebben dit keer iets geks beleefd,' zei de schipper nadat hij zijn beker in één teug had geleegd en hem met een welsprekend gebaar naar Alexandros schoof om bijgetapt te worden. 'Iets heel vreemds...'

Alle luidruchtige gesprekken waren als op bevel verstomd. Iedereen keek naar de schipper.

'We hadden wijn en olie verscheept naar Naukratis en haalden op de terugweg benoorden Kaftor een zwaarbeladen boot in, op weg naar Sparta. Toen ze ons zagen opdoemen, probeerden ze weg te komen, maar ze waren tegen onze snelheid natuurlijk niet opgewassen. Met het land al in zicht hebben we de boot geënterd en de lading buitgemaakt. Het was voornamelijk ijzer, maar er bleek ook een schat in te worden vervoerd.'

'Wat voor schat? Waar vandaan?'

'Ja, dat wisten we ook niet. Bleek later, dat de boot afkomstig was uit Kemi en dat er behalve de lading een kist werd verscheept, met een bijzonder geschenk van de farao voor de Spartanen. Een wonderlijk geschenk...' Plotseling begonnen ze allemaal dooreen te schreeuwen. 'Wat was het? Als het van Amasis afkomstig was, moet het wel goud geweest zijn. Goud en edelstenen...'

'Nou... nee. Of misschien toch. Ik bedoel...'

'Jij hebt al te veel gezopen,' riep Alexandros. 'Kan iemand anders misschien zeggen wat jullie in die kist vonden?'

Een baardige donkere kerel drong naar voren. Hij struikelde over zijn woorden. 'Je gelooft het niet – ik kan het zelf amper geloven.'

'Vooruit, maak het niet zo spannend!'

'Een hemd,' riep de reus. 'Stel je voor, een hemd! Een soort harnas, maar dan niet van metaal maar van stof. Belachelijk gewoon!'

'Natuurlijk was het geen gewoon hemd,' riep een ander. 'Het was van linnen, met een heleboel ingeweven figuren, versierd met goud. Het weefsel was fijner dan ik ooit heb gezien.'

'Dit,' riep Alexandros, 'heb ik al eens eerder gehoord. Ik bedoel, dat de farao zulke dingen als geschenk aan andere vorsten stuurt. Ze hebben me gezegd dat Amasis ook zo'n ceremonieel pantserhemd aan het heiligdom van Athena in Lindos heeft geschonken. Wat hebben jullie met het ding gedaan?'

'Wat dacht je? Natuurlijk zijn de hoplieten meteen met de kist naar het paleis gegaan. Polykrates moet maar zien wat hij ermee doet.'

'Lijkt me geen raadsel,' vond Alexandros nuchter. 'Natuurlijk schenkt hij het aan het heiligdom van Hera. Wat zou hij er anders mee aan moeten?'

Iemand riep: 'En wat hebben jullie met die buitgemaakte boot gedaan en met de bemanning?'

'Ik zei toch al dat we de boot overvallen hebben met land in zicht. Toen we zagen dat er boten in zee staken om zich met het gevecht te bemoeien, hebben we de buit zo snel mogelijk overgeladen en zijn er vandoor gegaan. In de haast hebben we jammer genoeg niet álles kunnen overladen. 't Had geen zin meer de gehavende boot op sleeptouw te nemen of in brand te steken. Ze kregen hulp van een stuk of zes kleinere boten, maar die konden ons natuurlijk niet inhalen.'

In een donkere hoek gromde er een met een zwaarmoedige dronk: 'We kunnen dus binnenkort een wraakaanval van de Spartanen verwachten.'

De pessimistische opmerking werd weggelachen. 'Ze kijken wel uit. Wie durft ons hier aan te vallen? We zijn de sterksten in de hele Egeïsche Zee en ver daarbuiten. 't Zal me benieuwen wat we voor beloning van de tiran krijgen.' De verwachtingen waten hoog gespannen. Polykrates was nooit karig als het ging om de beloning van zijn manschappen. Bovendien was het een prettige gedachte de Spartanen weer eens te snel af geweest te zijn.

Buiten was de storm gaan liggen. Het donkere silhouet van de Samaina 6 stak af tegen de schoongeveegde lucht. Het maanlicht op het kabbelende water maakte een bedrieglijk vredige indruk.

In het ouderlijk huis van Pythagoras ging het leven verder. Overtuigd van het feit dat hun zoon bereiken zou wat hij zich in het hoofd gezet had, maakten Mnesarchos en Pythaida zich aanvankelijk weinig zorgen om hem. Regelmatig zochten zij in de handelshaven naar schepen die op Naukratis voeren om nieuws te horen. Maar de Ioniërs konden zich in Kemi buiten Naukratis niet vrij bewegen, alleen geruchten drongen tot de nederzetting door, nieuws uit de Twee Landen dat nauwelijks te controleren was.

De jaren vergleden zonder dat Pythagoras' ouders op Samos wisten hoe zwaar het leven van hun zoon in Kemi was. Ze wisten niet dat hij was afgewezen op de priesterscholen in Heliopolis en Mennofer, ze wisten ook niet dat hij aan de moeizame tocht naar het verre Taape was begonnen. De priesters in Mennofer hadden hem verwezen naar het oudste heiligdom, uitsluitend om van hem af te zijn. Ze hadden er niet op gerekend dat hij het niet zou opgeven en ook werkelijk aan de tocht zou beginnen.

Tot zijn verbazing werd de jonge man van Samos tenslotte tot de priesterschool van Taape toegelaten. Zijn eerste doel was bereikt! Er volgde nog een lange weg van vernederingen, van onderwerping aan regels en voorwaarden en van studie op de meest uiteenlopende terreinen. Pythagoras gaf niet op, tot hij na vele jaren bereikt had wat hij zich van meet af aan in het hoofd had gezet: de priesterwijding in Kemi.

Van dat alles bleven zijn ouders onkundig. Ze wisten niet eens dat hij in Taape zat. Taape, ver in het zuiden, het geheimzinnige gebied waarover slechts een onduidelijke voorstelling bestond. Met het verstrijken der jaren kon zelfs niemand er meer zeker van zijn dat Pythagoras nog in leven was. De tijden waren onrustig, het lot wisselvallig, berichtgeving praktisch onmogelijk. Waar in het begin nog velen op Samos zich afvroegen of de hooggestelde verwachtingen van hun landgenoot kans van slagen hadden, werd er bij het uitblijven van bericht over andere zaken gepraat. Vrij snel was bijna iedereen de jonge geleerde van het eiland vergeten. Er waren andere gebeurtenissen die de aandacht trokken. Nieuws over de wilde piraterij van de Samaina 6 bijvoorbeeld. Hoewel ook andere boten hun kansen waarnamen als er ergens geplunderd kon worden, spande de Samaina 6 toch de kroon. Elke tocht bracht de tiran nieuwe schatten, de rijkdom van het eiland nam toe en niets scheen Polykrates in die jaren tegen te zitten.

Een jaar na de roof van het pantserhemd maakte de Samaina 6 vlak bij hun eigen eiland een schip buit dat op weg was naar Sardes in Lydia. En wéér waren de Spartanen daarvan het slachtoffer. De boot vervoerde onder andere een geweldige, kostbare krater, een bronzen mengvat dat de inwoners van Sparta als geschenk voor koning Croesus van Lydia hadden bedoeld. In Alexandros' kroeg werd de overwinning natuurlijk weer gevierd. In het lawaai van het drinkgelag was de stem van de schipper nog het best verstaanbaar. 'Nog nooit zo'n prachtige krater gezien, mannen! Een koninklijk geschenk, ha ha! Zoiets hoort niet in Sardes, zoiets hoort in het Heraion thuis. Hij staat binnenkort bij het grote altaar en wíj hebben hem toch maar even buitgemaakt!'

'Er staan meer kraters in het Heraion. Wat is er zo bijzonder aan deze uit Sparta?'

'Man, je hebt nog nooit zo'n prachtstuk gezien! Er kunnen wel driehonderd amforen in worden gelegd. Hij is van brons, versierd met griffioenen. Een schitterend geschenk voor de godin! Ze zullen in Sparta wel brullen van woede!'

De aandacht werd afgeleid door een schipper van een van de andere boten, die vond dat de Samaina 6 te veel aandacht opslokte.

'Wat heeft zo'n mengvat nou te betekenen. Het is hoogstens een pronkstuk voor het heiligdom. Nee, dan is ónze lading voor het eiland zélf van veel groter belang. We hebben honden gehaald uit Epirus, geiten uit Skyros, schapen van Milete en varkens helemaal uit Sicilia. Zo'n krater, dat is gemakkelijk vervoerbaar. Heb je wel eens geprobeerd een boot vol kotsende en piesende dieren over zee naar Samos te krijgen zonder schipbreuk te lijden? Je hebt er geen benul van, wat voor gedonder je daarmee krijgt als het een beetje begint te waaien! En van Sicilia naar Samos is het een aardige afstand. Die krater hebben jullie vlak bij buitgemaakt!'

Bijval overstemde de spreker. Hij was erin geslaagd de aandacht van zijn rivaal af te leiden. 'Waarvoor die beesten?' riep iemand.

'Polykrates wil de dierenwereld van Samos uitbreiden. Honden kun je africhten voor de jacht, maar ook als vechthonden. Bij een aanval van buitenaf kunnen ze heel nuttig zijn. Maar het blijft niet bij die dieren. We hebben ook een aantal tochten gemaakt om vakmensen van buiten aan te trekken. Polykrates wil de beste vaklui te werk stellen, de beste houtsnijders, beeldhouwers, botenbouwers, noem maar op. Hij betaalt goed, we hebben wat dat betreft niet de minste moeite op de andere eilanden en het vasteland om liefhebbers voor werk op Samos te vinden. We varen er wel bij!'

'Veel risico loop je dus niet met die tochten,' smaalde de schipper van de Samaina 6.

De stemming dreigde verziekt te worden door het gebekvecht van de beide schippers. Alexandros was daarvan niet gediend.

'Geen herrie in mijn kroeg! Elke lading die onze boten binnenbrengen is belangrijk voor de welvaart. Wie kan het tegen onze rijkdom opnemen? Waar leef je beter dan op Samos?'

'Als jij zo rijk bent kan er dus best nog een rondje voor ons vanaf!' riep een jonge kerel. In de bijval die hij oogstte werd het dreigend conflict gesmoord. De stemming was er weer. Het leven was goed, niemand had honger, het eiland werd rijker en rijker. Geen gezeur over kleinigheden, zelfs niet over opgelegde belastingen. Want de tiran wist precies hoe hij zijn onderdanen tevreden kon houden. Er waren genoeg feesten, beloningen voor bewezen diensten waren nooit karig en de enkeling die zo stom was om de woede van de tiran op zijn hals te halen, had het aan zichzelf te wijten als het slecht met hem afliep.

'Leve Polykrates en Samos! De goden zijn ons goed gezind!'

Even benoorden Samos dobberde een klein vissersbootje op het nu rustige water. Het zeil hing slap, er was bijna geen wind. Lysander, de visser, zat slaperig onderuitgezakt aan de stuurriem, zijn zoon Leon hield het sleepnet in de gaten. Wijd en zijd was geen boot te bekennen. De meeste vissers meden deze diepe visgronden, waar een plotselinge windstoot of een onverwacht opstekende storm al menig visser noodlottig was geworden. Maar Lysander wist dat zijn vangsten nooit beter waren dan juist hier. Hij zorgde ervoor niet te ver af te dwalen en hield de contouren van de Kerkis goed in de gaten.

Lysander bezat in Kalamoi een boomgaardje met fruitbomen, een stuk land waar hij groenten verbouwde en op de hellingen van de Ampelos had hij nog een kleine wijngaard. Als het werk op het land was gedaan, bleef er nog tijd genoeg over om op vogels te jagen en om er met zijn boot op uit te gaan. Vaak nam hij zijn zoon Leon mee. De jongen kon al heel jong goed met de boot overweg en was een handig visser. Er was een tijd geweest dat de jongen wilde plannen had om zich aan te melden bij de hoplieten als hij veertien jaar werd. Zijn vader moest daarvan niets hebben. De tiran beloonde zijn krijgers weliswaar goed, maar er zaten grote risico's aan het leven van de boogschutters. Lysander was zo wijs zijn zoon niet op de nadelen van het gevaarlijke beroep te wijzen, dat in diens ogen zo aantrekkelijk was. Hij probeerde de jongen voor andere dingen te interesseren. Toen hij merkte dat het werk op het land Leon danig begon tegen te staan, nam hij de jongen steeds vaker mee naar zee. Dat had succes. Leon voelde zich thuis op het water. Hij praatte niet meer zo enthousiast over zijn wilde toekomstplannen, hij bezocht ook niet meer regelmatig de oorlogshaven als de Samaina's er lagen. Hij had zich nu helemaal toegelegd op de visvangst. Leon kon uitstekend zwemmen en duiken, en hij had ook een heel eigen methode om grote vissen te bemachtigen. Als de boot met het vangnet op het rustige water dobberde, stond hij onbeweeglijk voorop met in de hand een houten visspeer. Met grote trefzekerheid kon hij toesteken zodra een grote vis zich binnen zijn bereik vertoonde. Lysander verbaasde zich erover dat het de jongen bijna altijd lukte te berekenen hóe en wanneer hij moest toesteken. Hij had het zelf ook wel eens geprobeerd, maar door de straalbreking van het licht in het water stak hij er altijd naast, tot groot plezier van Leon. Eenmaal was hij er zelfs bij overboord geslagen. Sindsdien probeerde hij niet meer met zijn zoon te wedijveren.

De zon begon al naar de horizon te zakken toen Lysander besloot terug te keren. Hij wilde voor het vallen van de avond thuis zijn.

'Kom, Leon, we gaan terug!'

De jongen antwoordde niet. Onbeweeglijk stond hij in het water te staren en toen Lysander ongeduldig herhaalde: 'We gaan op huis aan!' stak hij plotseling met kracht toe.

'Beet!'

Voorzichtig trok hij de lange speer in. 'Kijk eens wat een kanjer!'

De grote zwaardvis glipte spartelend over de rand van de boot.

'Zo'n grote heb ik nog nooit gezien!' zei de vader bewonderend. 'Knap stukje werk!'

Leon straalde. 'Thuis ga ik hem meten en wegen. Wat een kanjer!'

De thuisreis duurde de jongen veel te lang. Toen Lysander tenslotte de haven invoer en het net met de normale vangst inhaalde, sprong de jongen overboord in het ondiepe water en rende naar het strand om zijn kameraden bijeen te roepen. Ze kwamen op zijn geschreeuw van alle kanten aanrennen. Iedereen was het erover eens dat dit zo'n bijzondere vangst was, dat Leon er ook iets mee moest doen.

'Een offer voor de Hera-tempel,' riep een oude visser. 'Zoiets kun je niet voor jezelf houden!'

Maar Leon had al iets anders in zijn hoofd. 'Ik breng hem naar het paleis,' riep hij met overslaande stem. 'Dit is een vis voor een vorst! Ik geef hem aan de tiran. Morgenvroeg ga ik ermee naar het paleis, maar eerst moet ik hem nog meten en wegen.'

Lysander moest die avond zijn eigen vangst zelf aan land brengen.

Polykrates zat met een aantal van zijn ambtenaren de vorderingen van de herbouw van het Hera-heiligdom te bespreken. Theodoros, de bouwmeester, had gevraagd om meer marmer, de bouwopzichters hadden meer arbeiders nodig. Het laatste probleem was slechts tijdelijk: na het binnenhalen van de oogst kwamen er krachten vrij, voorlopig zou dat wel genoeg zijn.

'Ten noorden van de Heilige Weg, tegenover het laatste schathuis, komt de nieuwe kouros te staan,' berichtte Theodoros. 'Hij is al aangevoerd. 't Is een prachtig beeld van wit marmer, blauw dooraderd, ongeveer driemaal levensgroot. Tot dusverre de mooiste kouros van het Heraion.' Op het op de grote tafel liggende kleitablet met de plattegrond van het heiligdom wees hij de bewuste plaats aan. 'Hier, tegenover het schathuis.'

Polykrates knikte. 'Vanmorgen is er een boot uit Kemi aangekomen,' deelde hij mee, 'met een paar houten beelden van Amasis. Ik heb ze even gezien, toen de boot nog aan de havendam lag. Schitterend werk! Wat van de farao komt is altijd schitterend. Ik heb de schipper meteen doorgestuurd naar de handelshaven, dat is het handigst. Stuur morgen een stel arbeiders naar het strand om ze op te halen. Ze zijn een offergave van de farao voor de tempel.'

Er kwam een huisslaaf binnen, die geruisloos naar de tiran toeliep en hem iets in het oor fluisterde. Polykrates fronste zijn wenkbrauwen.

'Moet je me daarvoor storen?'

De woorden klonken als een terechtwijzing, maar de toon was vriendelijk. Weer fluisterde de slaaf iets, enigszins onzeker, omdat je bij de tiran nooit kon voorzien hoe lang een goede bui zou duren. Soms ontstond een onberekenbare uitval uit het niets.

'Mannen,' zei de tiran tot de ambtenaren rond de tafel, 'er valt niets meer te bespreken. Ik kom morgen zelf naar 't Heraion. Ik wens iedereen een goede avond.' En tegen de slaaf: 'Laat maar binnenkomen!'

Nog voor de bezoekers de zaal verlaten hadden, trad een verlegen jongen binnen. In zijn armen droeg hij op een plank een enorme vis. De last was kennelijk zo zwaar, dat de goedbedoelde buiging op niets uitliep.

Geamuseerd liet de tiran de jongen naderbij komen.

'Dit is dus de vissersjongen die zich niet laat afwijzen! Hoe heet je en wat heb je daar?'

'Leon, heer. Ik ben de zoon van de visser Lysander en ik breng u de grootste vis die we ooit gevangen hebben. Wij hopen dat u hem als geschenk wilt aanvaarden.'

Nu de zware last op tafel lag, kon de jongen opgelucht ademhalen. Vrijmoedig keek hij om zich heen: naar de fresco's op de muren, naar de vele gouden voorwerpen, de prachtige beelden en naar de tiran zelf. Nu hij eenmaal zover doorgedrongen was, moest hij alles goed in zich opnemen om er straks zijn kameraden over te kunnen vertellen.

'En waarom brengt Lysander zijn geschenk niet zelf?'

Even duurde het voor de vraag tot de jongen doordrong.

'Omdat ík hem gevangen heb, heer. Mijn vader vist met een net, maar ik met de spies,' en onbevangen begon hij uit te leggen hoe hij bij zijn manier van vissen te werk ging.

De tiran had plezier in de jongen. Altijd was hij omringd door vreesachtige bedienden en onderdanige hielenlikkers, het was een verademing als normaal mens aangesproken te worden. Niet dat hij zich bewust was van die gedachte; de jongen beviel hem gewoon. Leon was niet bang voor de machtige tiran, hij boog zich niet in het stof. Hij stond trots op te scheppen over zijn vaardigheid. Polykrates had het gevoel dat hij tegenover een vriendje uit zijn jongensjaren stond. Hij liet de jongen praten, stelde af en toe een vraag, kortom, hij gedroeg zich als een gewoon mens. Als hij dat wilde, kon hij heel ontspannen praten met de mensen uit het volk. Waar hij zich tegenover de aristocratie altijd hard, ongenaakbaar en heerszuchtig opstelde, heel goed wetend dat zij in hem een parvenu zagen waar ze in feite op neer keken, was hij bij het gewone volk populair. Ze zagen hem als een van hen, ondanks het feit dat hij de macht had ieder onderdaan te breken die zich tegen hem verzette. Ze bewonderden hem.

Polykrates liet zijn jonge bezoeker vertellen over het leven in zijn dorp, over zijn prestaties bij de visvangst, zijn zwem- en duikvaardigheden. Daarna riep Polykrates de huisslaaf en gaf hem opdracht de grote vis naar de keuken te brengen.

'Laat hem klaarmaken. Ik wil hem vanavond op tafel zien!' en tegen de jongen: 'Kom vanavond terug om hem mee op te eten.'

Leon wist niet wat hem overkwam. Duizelig van opwinding verliet hij het paleis. Het was al vrij laat in de middag. Als hij nu nog naar huis ging, moest hij eigenlijk meteen weer vertrekken om op tijd te zijn voor de uitnodiging. Hij besloot naar de oorlogshaven te gaan. Daar was genoeg te beleven om zich die korte tijd niet te vervelen.

In de keuken van het paleis maakte de keukenmeester voorbereidingen voor het avondeten. Hij ontdeed de vis van kop, staart en schubben, verwijderde de ingewanden en zag toen dat er iets groots in de maag van de vis zat. Voorzichtig sneed hij die open en ontdekte tot zijn verbazing een zware gouden ring.

Hij spoelde de ring af in een bak warm water. Zag hij dat goed? Was die zware ring met de grote smaragd niet het sieraad dat de tiran een poos geleden – hoe lang ook alweer? – tijdens de Heraia-feesten geofferd had door hem in het diepe water benoorden Samos te werpen? Of speelde verbeelding hem hier parten? De keukenmeester veegde zijn handen schoon en zocht Polykrates op.

'Heer, in de vis die ik voor uw avondmaaltijd moet schoonmaken, vond ik deze ring. Ik meen dat het de ring is die u een poos geleden hebt geofferd.'

Stomverbaasd hield de tiran het sieraad in de hand. Hij keerde hem om en om, herkende elke kleinigheid in de versiering. Hoe was het mogelijk, dat hij na zo lange tijd zijn offer terugkreeg? Hij had hem nog wel daar weggeworpen waar de zee het diepst was, zodat geen mensenhand het sieraad ooit zou kunnen beroeren. Dat was dan ook niet gebeurd. Een vis had hem ingeslikt. Dat betekende dat de goden zijn offer niet aanvaardden. Was dat nu een goed of juist een slecht teken?

Polykrates riep zijn vrouw en dochter. Niemand wist wat de goden met deze wonderlijke speling van het lot bedoeld hadden. Phileia voelde zich niet op haar gemak. Ze wilde de blijdschap van haar vader niet bederven, maar ze had voor zichzelf het gevoel dat het géén goed teken is als de goden je offer weigeren. Polykrates was zelf ook al op die gedachte gekomen, maar optimistisch als altijd zette hij de negatieve verklaring van zich af.

'De goden maken mij duidelijk dat zij mijn offer te groot vinden. Ze zijn me als altijd weer goed gezind geweest. Kom, roep die vissersjongen binnen. Ik heb hem uitgenodigd om vanavond samen met ons de vis op te eten. Hij staat vast al te wachten voor de poort!'

Het werd een wonderlijk maal. Leon zou er tot in lengte van dagen over praten. Daarbij hoefde hij niet eens op te scheppen om indruk te maken. Aan tafel genodigd worden bij de heerser van het eiland, om samen met hem, zijn vrouw en zijn dochter een vis te eten die je zelf gevangen hebt, is toch voor iedereen een gebeurtenis om nooit te vergeten. Alles was nieuw voor Leon: het prachtige tafelgerei, het zilver en goud van schalen en kommen, de overdaad aan heerlijke spijzen. Alles was nieuw en indrukwekkend en de moeite waard om te onthouden. Een afgerichte hond lag onder de tafel en kreeg af en toe iets lekkers toegeworpen. Hij was het mooiste exemplaar onder de honden die in Epirus waren ingekocht om op Samos dienst te doen als jacht- en vechthond.

De avondmaaltijd duurde lang. Het was of Polykrates zelf plezier had in de ongewone situatie. Of was hij zo goed gehumeurd omdat zijn lievelingsring weer aan zijn linker ringvinger geschoven was? Phileia was stil. Steeds weer als haar blik op de ring viel, raakte ze in paniek. Dit was een teken, dat wist ze zeker. Een teken van de goden. Maar wát precies wilden de goden daarmee duidelijk maken? Ze durfde haar angst dat het iets akeligs zou zijn niet kenbaar te maken. Haar moeder scheen zich daarover geen gedachten te maken, want ze sprak rustig en vrolijk over allerlei onbelangrijke dingen. Niet alleen voor Leon, ook voor Phileia werd het merkwaardige avondmaal iets wat zij zich tot op hoge leeftijd zouden herinneren. Maar wat voor de jongen een goede herinnering was, werd voor haar een nachtmerrie.

Na het vreemde gebeuren met de vis verstreek er geruime tijd vóór er weer contact was tussen de tiran en de farao van Kemi. Eigenlijk was Polykrates het voorval alweer vergeten, maar toen hij een boodschap aan Amasis dicteerde, schoot het hem te binnen en hij vond dat de farao dat toch moest weten.

'...U zult zich nog herinneren, mijn vriend en bondgenoot, dat gij mij indertijd hebt aangeraden ervoor te zorgen dat de goden niet naijverig worden op mijn geluk, door hun een groot persoonlijk offer te brengen. Ik berichtte u reeds dat ik uw raad had opgevolgd en mijn liefste bezit, mijn gouden ring met een smaragd, in het diepste stuk van de zee tussen Samos en Chios geworpen had, opdat geen mensenhand mijn offer ooit zou beroeren. Maar zie, uw ongerustheid, hoe goed bedoeld ook, was overbodig. De goden hebben mij kenbaar gemaakt dat zij mijn offer niet aanvaarden: een jonge visser heeft een vis gevangen die de ring had ingeslikt. De goden vonden mijn offer kennelijk te groot.'

De boodschap van Polykrates reisde met een lading handelsgoederen naar Kemi en Polykrates had het aangename gevoel dat hij niet alleen de gunst van de goden had behouden, maar ook dat hij de farao erop had gewezen dat hij zich niet met andermans zaken moest bemoeien. Hij vergat het geheel en ging over tot de orde van de dag. Zijn volle aandacht werd opgeëist door de gebeurtenissen aan de overkant van het grote water. Daar had Cyrus het Perzische Rijk gesticht en de stad Babylon, het centrum van alle vormen van wetenschap, ingenomen en bij het Perzische Rijk ingelijfd. Ook de Ionische steden langs de kust waren nu in zijn bezit. Polykrates volgde met belangstelling, maar ook met een zekere onrust, de wijze waarop Cyrus zijn rijk bestuurde. Met verbazing zag hij hoe deze koning eenheid in zijn rijk wist te bereiken. Hij behandelde de veroverde landen met zachtheid en lette erop dat hun afzonderlijke belangen niet werden geschaad.

Polykrates liet een aantal ervaren en moedige spionnen alle stappen van de Perzische koning nauwkeurig nagaan. Daar hij zijn gedachten voortdurend concentreerde op wat er in het oosten gebeurde, kwam de brief die farao Amasis hem zond dan ook aan als een donderslag uit een heldere hemel.

De farao liet hem bloemrijk maar duidelijk weten, dat hij de aloude vriendschapsband met de tiran van Samos verbrak. Door hetgeen Polykrates hem geschreven had, was hij ervan overtuigd dat het terugvinden van het ringoffer in de vis níet beduidde dat de goden zijn offer te groot hadden gevonden, maar juist dat de tiran alle gunst van de goden had verloren. Daar hij, farao Amasis, niet kon aanzien dat zijn bondgenoot en vriend te gronde zou worden gericht, wenste hij de jarenlange vriendschap nu te verbreken. Het was tekenend voor Polykrates dat hij Amasis voor geestelijk gestoord versleet. Geen moment kwam het in hem op dat de man wel eens gelijk kon hebben. Hij lachte om de brief, die een voorspelling van zijn ondergang inhield, en wenste met geen woord meer over de farao te horen.

Er was er slechts één, die de brief met angst vervulde: Phileia. Zij was dol op haar vader en trok zich de rampvoorspelling zo erg aan, dat ze er angstdromen van kreeg. Eerst had ze geprobeerd er met haar moeder over te spreken, maar vond daar geen gehoor. 'Onzin, kind, je vader is de machtigste man in het gebied van de Egeïsche Zee. Je denkt toch zeker niet dat er voor hem gevaar dreigt vanuit het Perzische Rijk. Ook Cyrus is hem immers goed gezind. Laat je toch niet bang maken door de bijgelovige angst van een man uit Kemi. Je vader heeft gedaan wat er van hem verwacht kon worden: zijn mooiste bezit geofferd. Hij had toch niet méér kunnen doen om de goden gunstig te stemmen. Als zij zijn offer niet aanvaarden, is dat juist het teken dat ze van hem geen extra offers verwachten en dat ze volkomen tevreden zijn met de wijze waarop hij hen in de tempels vereert.'

Phileia zweeg. Wat had ze verder nog moeten zeggen? Maar ergens diep in haar hart raakte ze er steeds sterker van overtuigd dat er iets ergs zou gebeuren, iets wat haar vader persoonlijk zou treffen.

Op een dag ontmoette ze, heel toevallig, bij de havendam de jonge visser die indertijd de grote vis gevangen had. Hij zat dromerig te kijken naar een pas binnengelopen Samaina die gelost werd. Phileia groette hem en ging naast hem zitten. Leon was eerst eerbiedig opgesprongen, maar ze beduidde hem dat dat niet nodig was. Ze voelde zich geen prinses in gezelschap van een onderdaan, maar een leeftijdgenoot met wie ze graag wilde praten. Hoewel hun gesprek geruime tijd ging over de boot, de lading, het weer en de gewone dingen van de dag, duurde het toch niet lang of Phileia kwam aarzelend voor de dag met de zorg die haar kwelde, al was het langs een omweg.

'Vis je nog vaak met een spies?'

'O ja, altijd als mijn vader met het net vist. Maar ik heb toch nooit meer zo'n grote vis gevangen als toen.'

Phileia streek haar rok glad. Ineens, zonder enige overgang, knalde ze haar zorg eruit. 'Ik ben bang.'

Leon schrok op uit zijn plezierige stemming. 'Bang? Waarvoor? Wat bedoel je?'

En toen kwam het hele verhaal. In de warme zon, op het puntje van de havendam, te midden van de tegen de stenen klotsende golven en het geschreeuw van de omlaag duikende sterntjes, vertelde ze hem van de boodschap die farao Amasis aan haar vader had gestuurd. Zwijgend liet hij haar uitpraten.

'Ik ben zo bang, Leon, dat farao Amasis gelijk heeft. Dat het waar is, dat een offer dat op zo'n vreemde manier bij je terugkomt, niet door de goden wordt aanvaard. En als de goden een offer niet aanvaarden, is het dan niet duidelijk dat ze de gever slecht gezind zijn? Denk jij dat niet ook?'

Leon werd heen en weer geslingerd tussen de behoefte haar gerust te stellen en de voor hem zelf ook angstaanjagende gedachte dat zij wel eens gelijk kon hebben.

'Wat zegt je moeder ervan? En je vader zelf?'

'Vader lacht. Hij zegt dat Amasis niet meer goed bij zijn hoofd is. En mijn moeder gelooft alles wat mijn vader zegt. Maar ik droom ervan. Ik droom dat ik mijn vader zie hangen tussen hemel en aarde, dat Zeus hem met striemende regen belaagt en dan weer door zonnestralen laat lijden. Waarom zie ik mijn vader steeds in mijn dromen tussen hemel en aarde hangen? Wat betekent dat, Leon?'

Hij zou zo graag iets gezegd hebben dat haar kon troosten, maar wist geen woorden te vinden. 'Phileia,' zei hij, 'soms kunnen dromen een heel andere betekenis hebben dan je zelf denkt. Misschien begrijp je later wat je droom betekende. Misschien is het ook helemaal niet de bedoeling dat je er een teken achter zoekt. Dromen kunnen zo bedrieglijk zijn. En alles gaat hier toch naar wens. Je vader heeft toch nergens tegenslag.'

'Amasis zegt dat het leven een eenheid van tegendelen is, dat je geen onvermengd geluk kunt hebben zonder ook ongeluk te leren kennen. Geen mens, zegt hij, is uitsluitend en alleen voor het geluk geschapen.'

Leon zag geen kans iets diepzinnigs te zeggen dat haar troosten kon.

'Er is geen enkel teken dat erop wijst dat je vader zijn ongeluk tegemoet gaat. Haal je dan ook zulke rampen niet in je hoofd. Dat is nergens goed voor. Weet je wat, kom morgen naar de handelshaven. Dan kunnen we samen de Tonaia-feesten meevieren. Daar knap je van op!'

Even vreesde hij dat ze zijn uitnodiging als te vrijmoedig zou afwijzen. Dat ze niet met een vissersjongen naar een feest wilde gaan. Maar tot zijn verbazing ging ze er meteen op in.

'Ik zal eerst wel met mijn vader en moeder meerijden. Waar kan ik je dan vinden?'

'Ik wacht op je onder de heilige lygosboom,' zei hij blij. 'Je moet alleen aan leuke dingen denken.'

Phileia stond op. 'Ik moet naar huis. Niemand zal weten waar ik blijf. Tot morgen dan, onder de lygosboom.'

Hij keek haar na toen ze haastig over de lange havendam terugkeerde naar de kade. Haar blonde haren wapperden als een sluier achter haar aan. En hoewel hij het een haast ongepaste gedachte vond, wist hij voor zichzelf, dat hij de dochter van de tiran aantrekkelijker vond dan alle andere meisjes die hij kende.

De Tonaia

Lang, lang geleden, toen op het eiland Samos nog geen Ioniërs woonden, kende men Hera niet als godin van de Olympus en als gemalin van Zeus, maar als de godin van de natuur en de vruchtbaarheid: de Oermoeder. Zij was 'de schepster van alle bestaande dingen'. Haar heiligdommen lagen altijd op wijde, vruchtbare vlakten, want juist daar komt de belangrijkste gave van de godin tot uiting: haar macht over vegetatie en vruchtbaarheid. Het was dus een voor de hand liggende zaak, dat in het moerassige gebied van de monding van de Imbrasos een heiligdom voor de Oermoeder gebouwd werd, om haar beeld een waardige woning te geven. De verpersoonlijking van de godin was in die oude tijd eigenlijk niet meer dan een stuk hout, een plank. Toen Ionische kolonisten zich op Samos vestigden, stond zij er al lange tijd.

De nieuwe bewoners van het eiland aanvaardden haar ook als hún godin en Smilis, een kunstenaar, sneed in het vormeloze stuk hout een godinnenfiguur in menselijke gedaante. Zó stond zij sindsdien op een voetstuk in haar tempeltje en werd zowel door de oorspronkelijke eilanders als door de nieuwkomers uit Hellas vereerd.

Zeerovers hoorden van de aanwezigheid van de godin in het eenvoudige houten heiligdom; hun hebzucht was onmiddellijk gewekt. Ze besloten het Samische idool te ontvoeren in de verwachting dat zij, eenmaal in het bezit van de Oermoeder, altijd het geluk aan hun kant zouden hebben. Het was heel eenvoudig het piratenschip vlak bij het tempeltje op het strand te laten lopen en het houten idool te roven. Maar toen gebeurde er iets angstaanjagends. Hoewel de wind gunstig was en de piraten door mensen noch weersomstandigheden werden gehinderd, lukte het hun niet de boot af te stoten om dieper water te bereiken. De hele nacht werkten ze als bezetenen om met het houten beeld aan boord weg te komen – vergeefs! Het leek wel of de boot wortel geschoten had op het strand.

Zeelui zijn altijd bang voor verschijnselen die zij niet kunnen verklaren. Zo ook de piraten. Iemand kwam op de gedachte dat het wel eens aan het houten idool kon liggen, dat ze niet van het strand weg konden komen. Ze droegen de plank dus weer door de branding naar het strand en omdat ze begrepen dat ze iets goed te maken hadden of eigenlijk meer uit angst dat ze voor straf wel eens schipbreuk konden lijden, droegen ze vruchten en koeken aan als offergaven en legden die naast het beeld op het strand. En inderdaad, zodra ze weer aan boord klommen, lukte het de boot vlot te krijgen en weg te zeilen van het geheimzinnige eiland Samos.Toen de volgende morgen enkele eilanders het godenbeeld op het strand vonden, dachten ze eerst dat de godin zichzelf had verplaatst. Om te verhinderen dat ze het eiland zou verlaten, bonden ze het beeld vast met twijgen van de lygosboom. Maar de priesteres Admete verwijderde de twijgen onmiddellijk, reinigde het beeld en zette het weer op het voetstuk in de tempel waar het altijd had gestaan. Vanaf dat moment vierden de bewoners van Samos ieder jaar het feest van de mislukte ontvoering van de Oermoeder. Ze droegen het beeld in processie naar het strand om het daar te reinigen en ze offerden koeken ter herinnering aan de offergaven van de piraten. Ze noemden het feest de Tonaia, het 'bindfeest', omdat het beeld was vastgebonden door degenen die het aan het strand gevonden hadden. Het was voor allen het belangrijkste feest van het jaar. Na het plechtige ceremonieel aan het strand kreeg de godin schitterende gewaden aan voor ze naar de tempel gedragen werd. Van de runderen die geofferd werden, verbrandden de priesters bepaalde delen en gebruikten de rest van het vlees voor het feestmaal van de gelovigen.

Men noemde de godin, die onder de lygosboom geboren was, nu Hera. Zij werd in haar tempel hoofdzakelijk verzorgd door priesteressen. Oorspronkelijk was het Heraion alleen aan de godin gewijd. Later werden ook tempels voor andere goden op haar grondgebied gebouwd en toen Hera onder de lygosboom aan de monding van de Imbrasos het huwelijk voltrok met de god Zeus, kwam er een tweede jaarlijks feest bij: het Heraia-feest ter herinnering aan de verbintenis van beide goden. Maar de Tonaia bleef het oudste en belangrijkste feest, waarop de hele bevolking zich verheugde en waar iedereen elkaar ontmoette.

Het feest was al in volle gang toen de tiran met zijn gezin over de Heilige Weg naderde. Met het grote offerceremonieel werd natuurlijk gewacht tot de belangrijkste mensen aanwezig waren. Priesteressen in lange witte gewaden, voorafgegaan door de opperpriesteres, zorgden voor de reiniging aan het strand. In met goud- en zilverdraad doorweven gewaden werd het beeld daarna in processie teruggedragen naar de tempel. Een wijnrank was om het hoofd van de Oermoeder gewonden en op het voetstuk werd door een mannelijke priester een prachtig leeuwevel uitgespreid. Met zang en aanbidding werd het ceremoniële gedeelte afgesloten. Daarna werd op het grote altaar vóór de tempel het brandoffer gebracht, een langdurige plechtigheid. Tenslotte was het altaar één groot as-altaar geworden, waarna de priesters te kennen gaven dat van het niet verbrande vlees de maaltijd voor de tempelbezoekers gereed kon worden gemaakt.

Zodra het gezin van de tiran bij de tempel was aangekomen, was Phileia van de wagen gesprongen en naar de lygosboom gerend, waar Leon al een hele poos op haar had staan wachten. Het verbaasde hem dat zij zonder meer bij haar ouders weg kon lopen en dat haar vader haar kennelijk niet verboden had met hem, of met wie dan ook, het feest te vieren. Samen liepen ze naar het weiland net buiten de muren van het grote heiligdom, waar de runderen aan enorme braadspeten werden geroosterd. De lucht van het geroosterde vlees deed de hongerig geworden bezoekers het water in de mond lopen. Ieder kon eten zoveel hij wilde en daarna uit met bronzen stierekoppen versierde drinkhoorns zoveel wijn of bier drinken als hij maar verdragen kon. De menigte werd vrolijker en luidruchtiger. Er volgde nu een programma met behendigheidswedstrijden. Groepen zangers en muzikanten traden op – dansen van het eiland werden uitgevoerd.

Samen slenterden Phileia en Leon van het ene naar het andere veld om niets van het gebodene te missen. Haast toevallig had hij zijn arm om haar schouders gelegd; ze liet het zo.

'Mag je de hele dag bij mij blijven?' vroeg hij voorzichtig. 'Vinden je ouders dat wel goed?'

Ze lachte. 'Ik ben geen kind meer. Natuurlijk kan ik vandaag doen wat ik wil.'

Van de weinige munten die hij bezat kocht hij aan de marktstalletjes een paar kleine offergaven voor de tempelschathuizen: een terracotta stiertje en een drinkbeker. Hij had al afgerekend met de verkoper, toen haar oog op een terracotta beeldje van een pauw viel. 'Kijk daar, Leon! Dát is mooi, die pauw die staat te pronken. Hè, dat zou ik nou graag kopen om in het schathuis te offeren. Maar ik heb geen munten bij me.'

Haastig telde hij zijn bezit na. Het was niet genoeg voor de pauw, maar hij kende de koopman en beloofde hem het ontbrekende binnen enkele dagen te zullen brengen.

Phileia was er dolblij mee. 'Ik zou hem wel zélf willen houden,' zei ze, terwijl ze met haar wijsvinger de lijnen van de pauweveren natrok.

'Ik heb hem jou gegeven, je mag ermee doen wat je wilt.'

Daarover moest ze even nadenken. 'Wat hier in het heiligdom wordt verkocht, is bedoeld voor de godin,' zei ze een beetje spijtig. 'Als ik het zelf houd beledig ik de Oermoeder. Nee, Leon, ik ga het naar het schathuis brengen. Maar ik kan er iedere keer als ik hier ben naar gaan kijken. Kom mee, ik zou het echt niet dúrven houden.'

Toen de zon al in zee begon weg te zinken en een rossig licht boven het water hing, was het feest in het Heraion nog in volle gang. Leon had met Phileia het strand opgezocht, ver van het gewoel. Ze praatten over alledaagse dingen, over zijn werk op het land, hoe hij op visvangst ging. Ze luisterde heel aandachtig. Haar wereld was immers zo anders. Voor haar werd alles gedaan door slaven. Als de muziek- en schrijflessen die ze elke dag van de leermeester in het paleis kreeg voorbij waren, dwaalde ze graag door de stad en langs de oorlogshaven, waar ze in de grote koopmanshuizen een paar vriendinnetjes had. Vaak verveelde ze zich.

Ineens was het daglicht verdwenen. Er stak wind op die de vlammen van de vuren achter hen, in het heiligdom, hoog deed opflakkeren. Met schrik bedacht Phileia plotseling dat haar ouders zonder haar vertrokken zouden zijn. Ze zocht in de menigte en vroeg aan de priesteres of iemand de tiran had zien vertrekken.

'Als ze weg zijn, breng ik je toch gewoon lopend terug,' zei Leon. 'Je kunt bij nacht niet alleen naar huis!'

Maar het bleek dat Polykrates nog te midden van enkele hoge beambten en priesters bij het vuur zat. Hij had meer gedronken dan anders, waardoor hij in een buitengewoon vrolijke bui was. Misschien was dat wel de reden dat Phileia niet in moeilijkheden kwam toen ze uit het donker opdook met de vissersjongen aan haar zijde.

'Zo, waar heb jij al die tijd gezeten? We waren net van plan naar huis te gaan.'

'Ik heb alle wedstrijden gezien,' zei ze. 'En Leon, je weet wel, van de grote vis, heeft samen met mij offers gekocht voor het schathuis.'

Polykrates herkende de jongen. 'Ach ja, die vis, die mijn ring had ingeslikt en die de goden me weer hebben terugbezorgd. Je ziet, ik draag hem weer!'

In het licht van de vlammen liet hij de grote smaragd fonkelen. Leon voelde dat Phileia even rilde. Haastig nam ze afscheid van hem. 'Bedankt voor de fijne dag. Kom je nog eens naar de havendam?'

Hij stond weer onder de lygosboom toen zij met haar ouders instapte in de wagen die hen terugbracht naar het paleis.

De tiran had met geen woord laten merken dat hij het vreemd vond dat zijn dochter de hele dag met hem had doorgebracht. Leon besefte dat hij gewoon verliefd was op het mooie meisje, maar ook dat zij onbereikbaar voor hem was. Kom je nog eens naar de havendam? had ze gevraagd. Niet: kom je nog eens naar het paleis. Toch was hij er zeker van dat ze hem graag mocht. Ze had hem van haar angst verteld en hij had gevoeld hoe ze plotseling rilde toen haar vader zijn ring in het licht van het vuur liet fonkelen. Langzaam liep hij naar huis. Hoe onmogelijk het ook scheen, hij was er haast zeker van dat er iets was dat hen beiden bond, ondanks het enorme verschil in hun achtergrond.

Vlak bij de Heilige Weg, achter een van de tempeltjes, krijste een opgeschrikte pauw. Hij schrok ervan maar moest toen met een glimlach denken aan het beeldje, dat zij zo mooi gevonden had en waar zij nog vaak naar wilde komen kijken. De pauwen van Hera, hadden die niet een bijzondere betekenis?

Polykrates wist zijn eiland tot nóg groter bloei te brengen en door zijn handig politiek optreden had hij geen last van de Perzische veroveringsdrang. Phileia ontmoette Leon zo af en toe bij de havendam, maar naarmate zij ouder werden leek het wel of de afstand tussen hen steeds groter werd. Leon wist heel goed dat de kloof niet te overbruggen was. Toen hij de indruk kreeg dat ze hem begon te ontlopen, zette hij alle dwaze gedachten uit zijn hoofd. Het was dan ook geen verrassing voor hem toen hij op een dag in de havenkroeg hoorde dat Phileia zich voorbereidde op een huwelijk met een van de legeraanvoerders van haar vader.

Aan de vooravond van haar huwelijk, toen Polykrates de bewoners van de stad op een groot feest onthaalde, zag ze hem plotseling tussen het volk bij de grote vreugdevuren. Hun ogen ontmoetten elkaar, even maar. Toen was hij in de menigte verdwenen. Het bracht haar een moment in verwarring. Door de herinnering aan hun korte vriendschap en het geheim dat ze samen deelden, was haar gevoel van geluk verstoord. De droom die ze had gehad nadat Amasis de band met haar vader had verbroken, stond haar weer zó duidelijk voor ogen, alsof ze hem de afgelopen nacht had gedroomd. Leon had haar getroost, geprobeerd haar ervan te overtuigen dat dromen niet behoeven uit te komen. En alles bij elkaar genomen zag ze nu ook zelf wel in dat haar angsten, die ze tegen niemand anders dan Leon had geuit, ongegrond geweest waren, dat ze op niets berustten. Alles wat haar vader ondernam scheen zich te verheugen in de niet aflatende gunst der goden. Ach, niet meer aan vroeger denken, het was feest, morgen begon haar nieuwe leven, ze zou een gezin stichten en gelukkig zijn. Haar vriendje van destijds was een goede herinnering, meer niet.

De opdracht

Vijftien jaar vergleden in welvaart en redelijke rust.

De jonge visser, die bij het laatste licht van de ondergaande zon zijn netten zat te repareren op een omgekeerd bootje, keek op toen hij achter zich de kiezels hoorde kraken.

'Goedenavond,' zei een zachte stem.

In het halfdonker was de stem eerder herkenbaar dan het gezicht.

'Goedenavond, heer,' antwoordde de visser, wetend wie er op hem afkwam. Sinds jaar en dag kende hij de man die naast hem kwam zitten, maar verbazing klonk door in zijn stem toen hij er aan toevoegde: 'Wat voert u hierheen, zo laat in de avond?'

'Er is iets, dat ik al een hele tijd met je wil bespreken. Dit leek me het moment ervoor.'

De visser was vóór in de dertig. Vanaf zijn geboorte had hij in het huisje van zijn vader in Kalamoi gewoond en hij kende alle mensen uit de verspreid liggende huizen van de nederzetting. Als kind was hij vaak met zijn vader meegegaan naar diens kleine wijngaard op de berghelling naast het landgoed van de rijke bouwmeester. Toen zijn ouders gestorven waren en de visser alleen in het huisje achterbleef, had hij de wijngaard verkocht, omdat hij zich uitsluitend nog bezig wilde houden met de visvangst. Sindsdien zag hij de bouwmeester en zijn vrouw nog maar zelden. Het bleef bij een groet op de Heilige Weg of in de stad als zij elkaar tegenkwamen. Meer niet.

'Wat kan ik voor u doen, heer?' vroeg hij vormelijk.

De kabbelende golven braken op het strand. Ze vormden het enige geluid dat de avondstilte verstoorde. Aarzelend verscheen een maansikkeltje boven zee en onmiddellijk begon in de verte een hond te huilen. Het geluid droeg ver.

'We spreken elkaar nog maar zelden. Toch heb ik het gevoel dat ik je goed ken.'

Stilte.

'Toen je vader nog leefde zag ik je vaak in de wijngaard. Ik was op je vader gesteld. Hij verzorgde ook míjn wijnstokken en nam je vaak mee als hij aan het werk was.'

Wat een vreemd gesprek, dacht de visser. Alsof ik dat niet allemaal zelf zou weten. Maar hij zei niets, want hij begreep dat ieder gesprek geopend moet worden en dat zijn bezoeker naar de juiste woorden zocht.

'Het is jammer dat je de grond op de helling hebt verkocht, Leon. Ik heb nu twee slaven die mijn wijngaard verzorgen, maar ik mis de gesprekjes met je vader.'

Er dreven wolken voor de maan zodat het plotseling donker werd.

'Na de dood van mijn ouders moest ik alles alleen doen. Ik kon het land er niet meer bij houden.'

Had de bouwmeester naast hem gehoord wat hij zei? Toen hij verder praatte leek het van niet. Maar in de donkere avond was een vertrouwelijke sfeer ontstaan. Ineens kwamen de woorden als vanzelf.

'Je weet, dat jaren geleden, jij moet toen 'n jaar of veertien geweest zijn, mijn zoon Pythagoras naar de Twee Landen is vertrokken om er een priesteropleiding te gaan volgen.'

'Ja, ik weet het.'

'In al die jaren na zijn vertrek van Samos, hebben wij slechts één levensteken van hem ontvangen. Een schipper uit Naukratis liet ons weten dat hij onze zoon had ontmoet, dat hij op de priesterscholen in Heliopolis en Mennofer was afgewezen en dat hij een poging ging wagen bij de priesterschool van Taape.'

Stilte.

Leon had als kind de jonge geleerde wel eens ontmoet. Vader Lysander had altijd met veel respect gesproken over de zoon van de bouwmeester, die op alle gebieden zo knap was. Maar sinds Pythagoras van het eiland vertrokken was, had de visser nooit meer aan hem gedacht.

'Weet je waar Taape ligt?'

'Nee, heer.'

'Taape ligt diep in het zuiden van de Twee Landen. Van Mennofer uit is it het best bereikbaar over de rivier de Hapi. Maar ik weet niet hoe ver en hoe gevaarlijk de reis is. Ik weet alleen dat er ten oosten en ten westen van de Hapi een smalle strook vruchtbaar land ligt en daarachter een oneindig grote droge woestijn. Het moet een gevaarlijke reis zijn van Mennofer naar Taape en ik weet niet of onze zoon daar ooit is aangekomen.'

Flarden van gedachten gingen door het hoofd van de visser. Waarom komt bouwmeester Mnesarchos mij dit allemaal vertellen? Waar wil hij naartoe? In het donker kon Leon zijn verlegenheid verbergen.

'Dat mijn zoon indertijd naar de Twee Landen kon vertrekken, was te danken aan het feit dat de tiran mij de inwilliging van een wens schuldig was. Mijn wens was mijn zoon een aanbeveling mee te geven voor de farao van de Twee Landen. Dat is gebeurd. Pythagoras is naar Kemi vertrokken, maar ik had me wel verkeken op de macht van de farao. De priesters zijn daar machtiger dan de farao zelf; zij dulden geen buitenstaanders in hun gelederen, vandaar dat mijn zoon op de beide eerste priesterscholen waar hij zich meldde, afgewezen werd. Sinds farao Amasis de vriendschapsbanden met tiran Polykrates heeft verbroken, hoorde niemand meer iets uit dat gebied.'

In de nieuwe pauze stelde Leon een vraag: 'Maar er wonen toch altijd nog mensen van Samos in Naukratis, aan de monding van de Hapi?'

'Ja. Maar de Ioniërs mochten de nederzetting nooit uit. Het enige doel van die nederzetting was de handel bevorderen. Geen Ioniër mocht zich in de Twee Landen vrij bewegen. Zo was het, totdat de Perzische koning Cyrus stierf en door zijn zoon Cambyses werd opgevolgd. Cambyses heeft maar één doel voor ogen: uitbreiding van de macht van het Perzische Rijk. Hij deed meteen een aanval op Kemi. En Polykrates, die nog altijd kwaad is op Amasis omdat hij indertijd de vriendschap verbrak, steunt de Perzen nu met schepen en hoplieten.

Niet alle berichten die ons hier op Samos bereiken, zijn even betrouwbaar, maar het schijnt toch wel vast te staan dat Cambyses de Twee Landen heeft onderworpen. De macht van Kemi is gebroken. Ik heb er geen flauw idee van wat dat voor gevolgen heeft gehad voor mijn zoon. Ik weet zelfs niet of Pythagoras de inval van de Perzen heeft overleefd, ik maak me grote zorgen. En toen kreeg ik een idee...'

Eenmaal zo ver gevorderd, scheen Mnesarchos geen moeite meer te hebben zijn plan aan de jonge visser voor te leggen.

'Het is niet mogelijk zonder toestemming van de tiran het eiland te verlaten. Zodoende kan ik onmogelijk zelf naar Kemi om naar Pythagoras te zoeken. Toen dacht ik aan jou. Je bent als visser regelmatig op zee. Je woont alleen, er is geen gezin dat op je wacht. Jij zou, vooropgezet dat je daar zelf iets voor voelt, in mijn opdracht naar Naukratis kunnen gaan om daar naar mijn zoon te informeren. Naukratis is nog steeds een handelsnederzetting waar Ioniërs wonen. Misschien dat daar iets over Pythagoras' lot bekend is.'

Het voorstel was zó verrassend, zó ongewoon, dat Leon geen antwoord had. De schim naast hem zei: 'Het spreekt vanzelf dat ik je goed zal belonen.'

'Waarom kiest u mij voor deze opdracht, heer? En hoe zou ík zonder argwaan te wekken lang van Samos weg kunnen?'

'Je vader was een betrouwbaar man. Hij heeft nooit mijn vertrouwen beschaamd. Ik heb je zien opgroeien. Ook jij bent zwijgzaam, betrouwbaar en moedig. En je bent een uitstekend zeeman, dat is in dit geval héél belangrijk. Ik heb zóveel vertrouwen in je, dat ik je mijn plan durf voor te leggen, omdat ik weet dat je er met niemand een woord over zult spreken.'

Hij vraagt het me niet, hij stelt het eenvoudig vast, dacht Leon met enige verbazing. Hoewel hij zich nooit bemoeide met en zich nauwelijks interesseerde voor de intriges in de eilandregering, wist hij heel goed hoe riskant het voor de bouwmeester was, zoiets buiten de tiran om op touw te zetten. De stille Leon beschouwde het vertrouwen van de bouwmeester als een groot compliment. Toch was hij voorzichtig genoeg om geen toezegging te doen zonder de zaak van alle kanten te hebben overdacht.

'Ik stel uw vertrouwen op hoge prijs, heer. Maar ik kan u op dit ogenblik nog niet zeggen of ik op uw voorstel kan ingaan. Het is allemaal zó ongewoon, dat ik er eerst ernstig over moet nadenken.'

Mnesarchos stond op en rechtte zijn rug. 'Dat is voorlopig alles wat ik verwachten kan,' zei hij. 'Ik zou ook niet willen dat je je onbezonnen in zo'n bijzonder avontuur stort. Overigens weet ik een uitstekende manier waardoor jij zonder dat het opvalt lange tijd van Samos weg kunt blijven. Maar daarover hebben we het later nog wel, áls je tenminste in mijn verdere voorstellen geïnteresseerd bent.'

Ook Leon was opgestaan. Hij zag de glimlach niet, die op het gezicht van Mnesarchos verscheen, wél de hand die naar hem werd uitgestrekt. 'Ik heb het lot van mij en mijn vrouw nu in jouw handen gelegd, Leon. Denk er goed over na. En als je antwoord niét meteen nee is, wacht dan hier overmorgen op dezelfde tijd op mij. We zullen in dat geval nog het een en ander moeten overleggen. Mocht ik je hier over twee dagen niet vinden, dan weet ik dat je antwoord definitief nee is.'

'In dat geval weet ik mij niets meer van ons gesprek te herinneren,' zei Leon.

'Goedenacht, Leon.'

'Goedenacht, heer.'

Leon luisterde naar de wegstervende voetstappen. Pas toen ging hij zijn huisje binnen.

Leon lag de halve nacht wakker. De gedachten die door zijn hoofd spookten, hadden de vermoeidheid van de dag verdreven. Klaar wakker maakte de jonge visser de balans van zijn leven op.

Hij bezat een kleine boot, waarmee hij dagelijks op visvangst ging. Niet meer, zoals in de tijd van zijn jeugd, uitsluitend met de spies. Hij was nu aangewezen op grote vangsten van kleine vissoorten, dat kon niet anders dan met een net. Af en toe spietste hij nog wel eens een grote vis, maar daarvan alleen kon hij niet leven.

De boot die hij zijn eigendom kon noemen, was bestuurbaar door één man. Daar Leon het liefst alleen werkte, was dat eerder een voor- dan een nadeel. Maar als hij visgronden bezocht die verder uit de kust lagen, nam hij vaak een buurjongen van een jaar of vijftien mee als hulpje.

Onlangs had hij enkele gebreken aan zijn oude boot ontdekt en de jongen had terloops gezegd: 'Wordt het geen tijd dat je eens naar een nieuwe boot omkijkt? Hier kun je niet lang meer mee toe.'

Een nieuwe boot was duur. Waar moest hij de middelen vandaan halen? Hoeveel jaar zou hij daarvoor moeten sparen? Natuurlijk zou hij zich kunnen inkopen bij de eigenaar van een grotere boot. Maar dan was hij zijn onafhankelijkheid kwijt.

Ik zal je goed belonen! had Mnesarchos gezegd. Goed belonen voor wat? Ook voor een visser was het niet mogelijk onopgemerkt lange tijd van het eiland te verdwijnen. Als hij naar Naukratis ging om informatie over Pythagoras in te winnen, kon dat láng duren. Hoe lang? Misschien wel een volle maan. Misschien nog langer. Verder wist Leon heel goed dat het om een onderneming ging, die de tiran allerminst welgevallig zijn zou. En het was bepaald onverstandig zich de woede van de tiran op de hals te halen. De laatste tijd kwamen hem steeds vaker berichten ter ore over de meedogenloze wijze waarop Polykrates onderdanen behandelde die zijn ongenoegen hadden gewekt. Al met al moest de onderneming riskant zijn. Wat lokte hem dan toch aan in dit avontuur? Hij kon zich van Pythagoras niet voldoende meer herinneren om uit medeleven met diens lot zijn eigen leven in de waagschaal te stellen. Het grote vertrouwen dat de bouwmeester in hem gesteld had en nog stelde, was wél een factor in zijn beslissing. Vaag herinnerde Leon zich dat zijn vader ook wel vertrouwelijke zaken met Mnesarchos had besproken, dingen voor hem had opgeknapt die van geheime aard waren. Iedereen wist immers dat de tiran de aristocraten en geleerden scherp in de gaten hield, omdat hij hen wantrouwde en bang was voor hun kennis en kunde. Wie een aristocraat hielp bij een onderneming die de tiran niet zinde, moest bij ontdekking met de afschuwelijkste straffen rekening houden. Riskeert een mens zoveel voor een zaak die in feite de zijne niet is? Leon was betrouwbaar en zwijgzaam. Nooit zou hij verraden wat Mnesarchos met hem in vertrouwen had besproken. Maar dat wilde nu ook weer niet zeggen dat hij zonder meer bereid was zijn leven te wagen. Mnesarchos was zeer rijk. Wat zou in zijn ogen een goede beloning zijn? Leon dacht aan zijn boot. Aan het feit dat hij zo langzamerhand ook zijn netten moest vernieuwen. Naarmate hij langer over het probleem na-dacht, kwam er nog een factor bij: Leon was jong en nieuwsgierig. Reizen konden alleen de rijken. Een visser met een éénmansboot kwam niet ver. Naukratis in het geheimzinnige Kemi lokte, al was het alleen maar door de fantastische verhalen die de bemanning van de Samaina's altijd in de havenkroegen wisten te vertellen.

Terwijl Leon zich voortdurend omdraaide van de ene op de andere zij, kwam de praktische vraag boven: als hij ja zei, hoe moest hij dan in Naukratis komen? Toch niet in zijn kleine nog maar nauwelijks zee-waardige bootje. Mnesarchos scheen daar een oplossing voor te hebben, die hij pas in een tweede gesprek wilde prijsgeven. Alle overwegingen en onbeantwoorde vragen begonnen dooreen te lopen in Leons hoofd. Aan de oostelijke hemel begon de lucht al te verkleuren toen hij ten-slotte in een onrustige slaap viel.

In het grote landhuis op de berghelling lagen de bouwmeester en zijn vrouw ook de halve nacht wakker.

'Je hebt hem wel véél vertrouwen in één gesprek gegeven,' zei Pythai-da.

'Ergens moest ik een begin maken. Hij is de zoon van Lysander, vrouw.'

'Aan Lysander zou ik mijn leven toevertrouwen, maar is de zoon net zo als de vader?'

'Ik heb geen keus, vrouw. En ik heb me zelden in mensen vergist.'

'Dat is waar!' zei ze. 'Ik ga morgen naar het Heraion. Ik zal een offer brengen en de gunst van Hera afsmeken.'

'Aan de havendam ligt op het ogenblik de Samaina 4. Ze wordt geladen met amforen wijn en olie en er worden ook vaten met honing aan boord gebracht, alles bestemd voor Naukratis. De volgende week vertrekt de boot en doordat Polykrates de Perzen voor hun inval in Kemi een flottielje ter beschikking heeft gesteld, zitten ze nu met het probleem dat de Samaina 4 niet genoeg roeiers heeft. Je moet je aanmelden als roeier, dat is je kans onopgemerkt in Naukratis te komen.'

Nadat Mnesarchos de jonge visser op de afgesproken tijd en plaats had aangetroffen, verloor hij geen tijd met een lange inleiding. Hij kwam meteen terzake.

'Wat moet ik in Naukratis precies doen?'

'Luister...' Ondanks het feit dat er op het donkere strand niemand te bekennen viel, schoof Mnesarchos op de omgekeerde boot iets dichter naar Leon toe en liet zijn stem tot een fluistering dalen.

'Als je eenmaal in Naukratis bent, blijft de boot daar toch dagenlang liggen om met ruilgoederen geladen te worden. Je kunt die tijd benutten om aan informatie te komen. Ik kan je niet zeggen hoe je daarbij te werk moet gaan, omdat ik de toestand daar niet ken. Je moet handelen naar bevind van zaken.'

De visser bleef zwijgen om de nieuwe gegevens op zich te laten inwerken; de bouwmeester begreep dat hij niet moest aandringen. Niemand was erbij gebaat dat de opdracht zonder rijp beraad werd uitgevoerd. Een overhaaste stap zou voor beiden heel ongelukkig kunnen aflopen.

'Ik weet dat je nieuwsgierig bent en graag wat van de wereld wilt zien. Toch moet ik je waarschuwen dat de onderneming niet zonder gevaar is. Ik weet niet wat je in Kemi aantreft. Je kunt daar niemand in vertrouwen nemen, je kunt met niemand overleggen. Als je terugkomt zal ik je goed belonen. Ik weet dat je boot aan vernieuwing toe is. Ik dacht dat een nieuwe boot een goede beloning zou zijn. Wat vind je ervan?'

Hoewel Leon wist dat de bouwmeester rijk was, overtrof die mededeling toch wel zijn stoutste verwachtingen. Een boot, een zeewaardig vissersvaartuig, voor de uitvoering van één opdracht. Bovendien zou hij als roeier op de Samaina ook goed verdienen. Al met al werd het plan steeds aanlokkelijker. 'Ik doe het!'

Mnesarchos haalde opgelucht adem. Hoewel hij heel goed wist dat de kans bestond dat zijn zoon niet meer in leven was, kreeg hij nu de mogelijkheid te weten te komen waar hij aan toe was. Alles beter dan de kwellende onzekerheid, het zich steeds weer afvragen of er nog hoop was.

Hij had zich goed voorbereid door overal inlichtingen in te winnen en het leek nu ook ineens eenvoudiger dan hij aanvankelijk had verwacht. Daar de Samaina 4 in de oorlogshaven op korte termijn roeiers nodig had, was het risico voor Leon nu ook weer niet zó groot.

'Dat is dan akkoord. We moeten alleen nog de details bespreken.'

Lange tijd zaten de mannen op het stille strand alle mogelijkheden en onmogelijkheden van de tocht te overleggen. Leon vond de opdracht steeds aantrekkelijker. Toen zij uiteindelijk afscheid van elkaar namen, was het plan tot in de puntjes uitgewerkt.

Die nacht sliepen Mnesarchos en Pythaida rustig, in het besef dat ze de medewerking hadden verworven van een betrouwbaar en moedig man.

In de vissershut liet Leon het besprokene nog eenmaal goed door zijn hoofd gaan. Het avontuur lokte. Waar het hem eerst om het voordeel te doen was geweest, zag hij nu ook andere aantrekkelijke kanten van de zaak: een lange zeereis aan boord van een van de beroemde schepen van Polykrates, een goede beloning als roeier, het vooruitzicht van een welvarende toekomst na de aanschaf van een nieuwe boot, maar vooral ook het feit dat hij een stuk van de wereld ging zien en de sleur van alledag een poosje kon doorbreken. Hij ging een opwindend avontuur tegemoet.

'Op het vaderland!' zei de oude, gerimpelde man tegenover hem aan de wankele kroegtafel. Vergenoegd hief hij zijn beker wijn. De kleine felle ogen in zijn baardige gezicht fonkelden. 'Meer dan twintig jaar is een lange tijd, man. Als je jong bent, denk je altijd dat het ergens anders beter is, mooier en ook interessanter. Je doet allerlei dingen omdat je meent dat je de wereld naar je hand kunt zetten. Maar voor je 't weet besef je dat je oud geworden bent en dan komt het verlangen naar het land van je jeugd.'

Te midden van het geroezemoes van vele stemmen, hing er een soort vertrouwelijke sfeer bij het licht van het olielampje in de donkere hoek van de kroeg. Kwam het daardoor dat de oude man zulke dingen zei tegen een jonge roeier van zijn geboorte-eiland? Of had de alcohol een handje geholpen?

De zeeman was royaal geweest en de oude had lange tijd niet meer zoveel in zo korte tijd gedronken.

'Waarom ben je dan weggegaan?' vroeg Leon om het gesprek vooral gaande te houden. 'Had je het zo beroerd op Samos?'

De oude man nam een grote slok, zette zijn beker omzichtig op tafel en liet lange tijd voorbijgaan voor hij antwoord gaf. Juist toen Leon meende dat de vraag niet was verstaan, begon hij weer te praten.

'Weet je, jonge vriend, ik ben een man die van zijn vrijheid houdt. Ik had een goed bestaan op Samos. Er heerst daar geen armoede of gebrek, dát was het niet. Maar in mijn jonge jaren was ik nogal opstandig. Ik werkte aan de havendam. Ik verdiende goed, maar ik had me het ongenoegen van de tiran op m'n hals gehaald. Kun je beter niet doen: het ongenoegen van een tiran op je hals halen. Alle arbeiders bogen zich altijd voor hem in het stof. Dat kon ik niet zetten. Ik maakte daarover vaak schampere opmerkingen. Ik zei dat Polykrates over lijken ging als het op zijn eigen voordeel aankwam en ik heb een keer té hardop gezegd dat hij zelfs zijn eigen broer heeft laten vermoorden om zelf alle macht aan zich te trekken. Dat was natuurlijk niet verstandig, maar ik had een borrel op. Je weet hoe dat gaat. Er is altijd wel iemand die er zijn voordeel mee doet met je te verraden. En ja, toen zat ik gauw gevangen.'

Leon had moeite het geduld op te brengen voor het levensverhaal van zijn tafelgenoot. De bekers waren leeg en hij vulde haastig bij.

'Wel eens de gevangene van Polykrates geweest?'

Leon schudde ontkennend zijn hoofd.

'Nou, ik zal je niet met alle bijzonderheden vervelen, maar ik kan je wel zeggen dat je niet voor je lol gevangene van de tiran bent. Maar ik wist te ontsnappen en als verstekeling weg te komen. Eerst naar Alysia en vandaar naar Naukratis. Hier was het wel goed. Ik kon tussen Ioniërs leven en hoefde niet op elk woord te letten. Natuurlijk waren er ook nadelen: Ioniërs konden hier wel wonen, maar ze mochten Naukratis niet verlaten. Je kreeg geen toestemming door Kemi te trekken en ik was best wel nieuwsgierig naar wat er buiten Naukratis gebeurde. Kortom, ik ben hier blijven hangen. Ik ben er niet slecht aan toe, maar nu ik jou ontmoet, rechtstreeks van Samos, nu komt het verlangen weer boven. Het zou me wat waard zijn om op Samos mijn einde af te wachten, hoog in de Ampelos.'

Leon waagde zijn kans. 'Als je hier al zo lang woont, dan heb je misschien wel Pythagoras van Samos ontmoet. Kun je je dat soms herinneren?'

'Pythagoras van Samos? Wanneer?'

'Zo'n jaar of twintig geleden.'

''t Is mogelijk, ik heb zoveel mensen ontmoet in al die jaren. Maar als hij hier ooit geweest is, dan is hij er in elk geval niet meer. Ik ken veel Ioniërs in Naukratis en die van Samos, die ken ik allemaal. Was hij zeeman of handelaar?'

'Geen van beide. Hij was een geleerde die in de Twee Landen wilde studeren,' en mismoedig liet hij er nogal mat op volgen: ''t Zou ook wel héél toevallig zijn.'

'Wacht 's... een geleerde, zeg je? Een aristocraat dus. Nee, dat is te deftig voor mij. Ik ontmoet alleen mannen van mijn eigen slag. Maar misschien zou je dat Arigone moeten vragen. Arigone is nog veel ouder dan ik.' Hij lachte met zijn tandeloze mond wijd open. 'Arigone is ook van aristocratische komaf en ze is altijd heel nieuwsgierig. Ga eens met haar praten. Je weet maar nooit.'

Het duurde lang voor de oude man Leon duidelijk had gemaakt waar hij Arigone zou kunnen vinden. Het kostte veel bekers wijn om de informatie te bemachtigen. Nadat Leon het gelag had betaald, verliet hij de nog steeds stampvolle kroeg, met achterlating van de stomdronken oude man, die in zijn hoekje was ingedut.

Op weg naar zijn nachtverblijf troostte hij zich met de gedachte dat die eerste dag van zijn verblijf in Kemi toch niet geheel onbevredigend was verlopen.

Het huis lag in een prachtige tuin met ahorns en dadelpalmen. In vijvers, omzoomd door lotusbloemen, kwaakten ganzen. Papyrusriet boog in de warme wind.

Langzaam liep Leon de laan door en de trappen op die naar de grote hal voerden. Op de wanden waren bloemen en vogels geschilderd in wonderlijke tere kleuren. De vloer bestond uit glanzende marmeren tegels.

Een zwarte bediende leidde hem over een binnenplaats naar een vertrek waarin gebeeldhouwde stoelen stonden rond een lange cederhouten tafel. De bediende beduidde Leon plaats te nemen, waarna hij een trap opging naar een vertrek op de bovenverdieping.

Leon wachtte. Hij was geïmponeerd door het smaakvolle en luxueus ingerichte vertrek. Hier woonde ze dus, de oude vrouw die Arigone heette en die op Samos geboren was. Ze moest wel zeer rijk zijn, te oordelen naar haar prachtige huis. Het was een woning als die van een vorst.

Boven hoorde hij een deur opengaan. Zijn ogen gleden over de muurschilderingen naar de gebeeldhouwde leuning langs de trap. Een kleine vrouw daalde de treden af. Ze was tenger en breekbaar, maar door haar statige houding maakte ze een voorname indruk. Leon schatte haar op minstens tachtig jaar. Ze droeg het spierwitte haar hoog opgestoken met juwelen haarspelden. Een lang wit gewaad van soepele doorschijnende stof golfde om haar slanke lichaam. De armen en het gezicht waren gebruind door de zon. Brede gouden armbanden sierden haar smalle polsen en om de hals droeg ze een zware ketting van gouden lotusbloemen. In het door ouderdom gerimpelde gezicht blonken twee donkerbruine levendige ogen onder gepenseelde wenkbrauwen.

'Welkom,' zei de vrij hoge en bedrieglijk jonge stem. 'Wie van Samos komt, is welkom in mijn huis.'

Leon was opgestaan om een lichte buiging te maken. Arigone beduidde hem weer te gaan zitten en nam zelf plaats op een rustbank met zijden kussens. Zonder plichtplegingen begon ze tegen hem te praten, alsof hij geen vreemde voor haar was, alsof ze hem al jaren kende.

'Vertel me van Samos, zeg me wat je hier in Naukratis komt doen. Is er iets waarmee ik je kan helpen?'

Nu ze zelf het gesprek zo ongedwongen geopend had, viel het hem niet moeilijk haar van zijn opdracht te vertellen. Ze viel hem af en toe met vragen in de rede. Het bleek dat zij Mnesarchos en Pythaida in hun jonge jaren goed gekend had. Ze was jong getrouwd met een scheepseigenaar uit Alysia en ze had zich met haar man in Naukratis gevestigd, waar hij als handelaar een bloeiend bestaan had opgebouwd. Vóór het bereiken van de middelbare leeftijd was hij een van de rijkste mannen van Naukratis geworden. Het bedrijf had zich enorm uitgebreid en toen haar man enkele jaren geleden stierf, was zij als rijke weduwe achtergebleven.

'Pythagoras, ja zeker ken ik hem, hij is zelfs mijn gast geweest, nu zo'n twintig jaar geleden, toen hij als jongeman naar Kemi kwam. Hij wilde met alle geweld toegelaten worden tot een priesterschool, maar hij was al tweemaal afgewezen voor hij naar ons toekwam. Hij was ervan overtuigd dat hij betere kansen had om toegelaten te worden als hij niet afhankelijk was van een tolk, als hij zélf zijn zaak zou kunnen bepleiten. Na die twee afwijzingen had hij nog maar één kans, namelijk in Taape. Daarom wilde hij eerst een poosje in Naukratis blijven om hier de taal te leren. Drie manen was hij mijn gast. Geen mens leert in drie manen een hem volstrekt onbekende taal, maar híj speelde het klaar. Ik heb nog nooit zo'n jongeman ontmoet. Wat hij aanpakte lukte, wat hij zich in zijn hoofd had gesteld bereikte hij. Ik ben er vast van overtuigd dat het hem gelukt is in Taape toegang te krijgen tot de priesterschool. Al heb ik hem nooit weergezien.'

'Maar als hij al die jaren in Kemi is gebleven,' vroeg Leon, 'is het dan niet vreemd dat hij nooit meer in Naukratis is geweest?'

'Je kent de afstanden hier niet,' zei ze. 'De Hapi is zó lang, dat niemand weet waar hij ontspringt. En diep in het zuiden ligt Taape. Je kunt er het beste komen over de rivier. Maar je weet, buitenlanders mochten niet vrij door de Twee Landen reizen. Pythagoras had een bijzondere aanbeveling van de farao, daarmee kon hij naar Taape. Maar dat wil nog niet zeggen dat hij verder vrij kon rondreizen. Ik denk dat hij daar altijd is gebleven.'

Leon besefte dat deze informatie toch wel erg pover was. Kon hij dáármee naar Samos terug? Er moest toch een mogelijkheid zijn, meer met zekerheid te weten te komen.

Arigone liet een bel rinkelen. De zwarte bediende kwam te voorschijn. Ze bestelde dranken en vruchten, babbelde verder als een waterval. Maar Leon was zó bezig met zijn eigen gedachten, dat hij haar niet volgde. Wat moest hij in vredesnaam doen om toch nog iets van zijn opdracht te kunnen uitvoeren?

De vrouw scheen het niet eens te merken dat hij zo afwezig was. Met moeite dwong hij zich weer tot luisteren.

'...nog nooit zo'n merkwaardig mens ontmoet,' zei ze, na een slok van de vruchtendrank die de bediende haar aanreikte. 'Zo jong als hij was, imponeerde hij me geweldig. Hij had heel eigen ideeën over de zin van het leven. Wist je dat hij geloofde in zielsverhuizing?'

'Wat is zielsverhuizing?' vroeg hij. 'Ik was nog maar een kind toen Pythagoras Samos verliet. Ik weet eigenlijk niets van hem af.'

'Pythagoras was van mening dat de mens na zijn dood in een andere gedaante terugkomt. Daarom at hij ook nooit vlees.'

Leon zag het verband niet en voelde zich ontzettend onwetend. Maar hij hoefde zich niet te verraden door een vraag, want Arigone praatte uit zichzelf door. 'Ik heb meegemaakt dat hij in de haven de hele vangst van een terugkerende visser opkocht en weer in zee gooide. Hij zei daarbij dat een mens ook als vis terug zou kunnen keren en dat je daarom geen vlees en ook geen vis moet eten.'

Arigone was zichtbaar blij dat ze in haar bezoeker uit Samos iemand gevonden had met wie ze kon praten over al die dingen die haar zelf bezighielden.

'In die maanden dat hij hier verbleef, heb ik veel met hem gepraat. Hij was toen al, ondanks zijn jeugdige leeftijd, een heel bijzonder man, een geleerde zoals je ze maar zelden ontmoet. Hij was een goed mens, een mens met een hoge levensopvatting. Je kon toen al zien dat hij voorbestemd was een groot leider te worden.'

Leon luisterde aandachtig, probeerde te onthouden wat Arigone zei, maakte af en toe een opmerking of stelde een vraag. De man over wie hij in Kemi inlichtingen moest inwinnen en die hij amper gekend had, kreeg betekenis voor hem. De hoop zijn opdracht tot een goed eind te kunnen brengen, groeide.

'Zeg me,' viel hij Arigone in de rede, 'wat ik doen kan om Mnesarchos' opdracht uit te voeren. Ik kan toch moeilijk naar Samos terugkeren met de mededeling dat hij in uw huis te gast is geweest, maar dat er sinds twintig jaar in Naukratis niemand ooit meer iets van hem heeft gehoord. Wat moet ik doen?'

De tengere oude vrouw ging rechtop zitten. Ze schoof de zijden kussens van zich af, werd plotseling heel alert.

'Ik zal je helpen,' zei ze. 'Je moet naar Taape. Dat is de enige manier om er achter te komen of Pythagoras nog leeft. Het is een gevaarlijk avontuur, maar ik help je. Ik ken hier veel mensen, mensen van Kemi, die mij genegen zijn en die mij graag een dienst bewijzen. Ik ga je een gids bezorgen, de eigenaar van een feloek, die er beslist niet voor terugschrikt de lange reis naar Taape te ondernemen. Hij spreekt redelijk het Ionisch dialect en kan onderweg als tolk voor je optreden. Je hoeft je over de kosten geen zorgen te maken. Ik bewijs Mnesarchus graag een dienst en ik ben rijk genoeg. Laat me even tijd. Kom overmorgen terug, dan heb ik mijn plan uitgewerkt. Natuurlijk moet je naar Taape, dat is de enige mogelijkheid.'

Hij keek haar hulpeloos aan. 'Maar ik ben een roeier van de Samaina, die over enkele dagen weer vertrekt. Die reis naar Taape kan heel lang duren. Hoe moet ik dat ooit verklaren?'

Ze stond op, liep naar de tafel en ging op een rechte stoel tegenover hem zitten. Haar stem klonk bepaald samenzweerderig toen ze zei: 'Gebruik je fantasie. Sinds Cambyses Kemi heeft onderworpen, kan iedereen vrij reizen buiten Naukratis. Jij dus ook. Wat de Samaina betreft, die vertrekt heus ook wel als jij niet op tijd terug bent. Later kun je wel een verklaring verzinnen waarom je werd opgehouden. Je kunt immers overvallen zijn, je kunt een ongelukje gehad hebben, verzin maar iets. Niemand hoeft te weten dat je de Hapi opgevaren bent. Man, het moet je toch aanlokken zo'n reis te maken. Het is niet ongevaarlijk, toegegeven, maar je bent jong, je ziet een stuk van de wereld, waarvan je tot nog toe alleen maar hebt horen spreken. De geheimzinnige wereld van Tares en Tameh, het stroomgebied van de Hapi. Je ziet de tempels, de huizen voor de eeuwigheid.'

Ze stond weer op, liep door het vertrek heen en weer. Haar smalle handen maakten enthousiaste gebaren. 'Was ik maar jonger, ik heb er mijn hele leven naar verlangd de Hapi op te varen, Kemi te zien, maar ik kreeg geen reisvergunning. Nu is het voor mij te laat. Ik ben een oude vrouw. Ik kan zo'n reis niet meer aan. Maar jij, voor jou ligt de wereld open. Grijp je kans als je die geboden wordt. Ik draag alle kosten en Mnesarchos zal je dankbaar zijn als je met een bericht terugkomt waar hij wat aan heeft.'

Leon liet zijn twijfels varen. Ze had gelijk. Welke Samiër kreeg zo'n kans de geheimen van Kemi te leren kennen? Zijn ogen volgden de vrouw, die maar door het vertrek heen en weer bleef lopen. Leeftijd speelde geen rol meer. Ze leek jong in haar enthousiasme, in de wijze waarop ze haar plan uitwerkte om hem, of eigenlijk haar oude jeugdvriend Mnesarchos, terwille te zijn.

'Kom overmorgen terug. Ik heb een dag de tijd nodig om een paar dingen te regelen. Overmorgen rond het middaguur weet ik meer.'

Ze nam weer plaats op de bank met de zijden kussens en op hetzelfde moment was ze weer een breekbare oude vrouw.

Nog lange tijd praatte ze met hem. Nu over haar jeugdjaren, over haar herinneringen aan Samos.

'Soms, jonge vriend, heb ik een verterend verlangen naar Samos. Het is of ik de geuren ruik van de bloeiende kruiden op de berghellingen, of ik de rode toortsen zie van de kastanjebomen op het erf van mijn vader, op de hellingen van de Kerkis. Als kind klom ik vaak in de geweldige plataan achter ons huis. Soms mocht ik met mijn vader mee, als hij de

mijnen bezocht waar de Samische aarde werd gedolven, die voornamelijk naar Kemi werd uitgevoerd voor kosmetische en medicinale doel-
einden. Ik mis dat alles, en ik verlang er sterker naar naarmate ik ouder
word. De geuren, de kleuren, de groene wouden van Samos, de vele
bronnen en waterloopjes, ik kan zelfs verlangen naar de geweldige
regenbuien in de wintertijd. Het is een voorrecht, jongeman, op Samos
geboren te zijn.'

'Maar,' hij aarzelde, vroeg zich af of ze het niet brutaal zou vinden dat
hij haar tegensprak, 'u hebt hier toch een geweldig mooi huis. En u zou
toch als u dat wilt ook terug kunnen naar Samos.'

Ze lachte. 'Je vindt me een ouwe zeur en je hebt nog gelijk ook! Ik heb
een prachtig huis, mijn man heeft mij een fortuin nagelaten. Ik ben de
laatste die klagen mag. Maar wie kastanjewouden en platanen om zich
heen gehad heeft, kan opeens genoeg krijgen van palmbomen. Oude
mensen verlangen immers altijd naar het land van hun jeugd. Teruggaan naar Samos? Daarvoor ben ik te oud. Oude bomen moet je niet
meer verplanten. Bovendien moet ik toezicht houden op de nalaten-
schap van mijn man. Ik heb nog altijd de controle over zijn handels-
bedrijf. Nee, zelf kan ik niet meer op reis. Niet naar Samos en niet
stroomopwaarts, de Hapi op. Maar daarom mag ik er nog wel van
dromen. En ik kan jou in de gelegenheid stellen dat wél te doen. Grijp
je kans!'

Ze wachtte zijn antwoord niet eens af. 'Overmorgen, is dat afgesproken? Ik moet een paar mensen spreken, enkele zaken organiseren. Tot
ziens. Het zou wel gek moeten lopen als we niet een oplossing kunnen
vinden voor de uitvoering van je opdracht.'

Hij keerde overrompeld terug naar de herberg aan de haven met het
gevoel dat hij in een stroomversnelling was geraakt. Terwijl hij die nacht
op zijn stromatras lag te luisteren naar de hem onbekende geluiden in
de nacht, kreeg Pythagoras een gezicht voor hem. De onbekende, naar
wie hij zoeken moest, begon hem door wat hij van Arigone had gehoord, te interesseren. De ontmoeting met de oude vrouw leek een
bestiering van de goden. Leon nam het besluit de hem geboden kans
te grijpen.

Langzaam werkte de kleine feloek zich stroomopwaarts. De man aan de
stuurriem had hem beduid dat hij het beste in de boot kon gaan liggen,
omdat er voortdurend tegen de stroom in gelaveerd moest worden en

het gevaar bestond dat hij overboord zou slaan als ze door de wind gingen.

Het was aangenaam koel zo vroeg in de ochtend. Het schommelen van de boot maakte slaperig, ondanks het feit dat er zoveel te zien was op beide oevers. Er is nu echt geen terug meer, dacht Leon. Arigone had hem nagewuifd van haar terras dat uitkeek op een zijtak van de Hapi, toen hij in de feloek van haar vertrouwensman Emeni wegzeilde van Naukratis.

'Hera zij met je!' had ze geroepen, want ze was de godin van haar eigen geboortegrond altijd trouw gebleven. 'Behouden vaart!'

Zo was de lange, lange reis naar het zuiden begonnen. Zou hij Naukratis, zou hij Samos ooit weerzien?

Zodra de zijrivier op de Hapi uitkwam, ontvouwde zich een wondere wereld aan Leon. Westelijk van de rivier staken enorme, puntige bouwwerken hoog af tegen de strakblauwe lucht. De zonnestralen weerkaatsten tegen de blinkend witte zijvlakken. Dat moesten de huizen voor de eeuwigheid zijn, tegenover het oude Heliopolis. Emeni's grijze, tot de enkels reikende gallabiya fladderde in de wind. Stevig stond hij met zijn blote voeten in de boot geplant.

In gebroken Ionisch probeerde hij Leon de bijzonderheden van de bouwwerken te verklaren. Aan beide zijden van de brede saffierblauwe rivier waren de oevers fris groen. Mannen in wapperende gallabiya's bewerkten de akkers, waterbuffels en ossen trokken de ploeg door het land, vrouwen droegen grote waterkruiken op het hoofd, palmen ruisten in de wind en af en toe streken ibissen neer in een pas bewerkte akker. De bootjes die zij passeerden of die hen tegemoet kwamen, waren alle van hetzelfde type: grote en kleine feloeken met sierlijk gebogen masten, waaraan een driehoekig zeil.

Achter de groene strook bouwland lagen de gele zandsteenrotsen in de woestijn.

'Zover als Hapi buiten oevers treedt, groen,' probeerde Emeni ter verklaring te zeggen. 'Hapi brengt vruchtbaarheid. Verder woestijn.'

Aanvankelijk was Leon verbaasd over het grote aantal langs de rivier gebouwde tempels; andere tempels dan die van het Heraion. Tempels met enorme zuilen, vaak van onder tot boven met vreemde tekens in de steen gebeiteld. Wonderlijke versieringen, kolossale beelden. Dan weer simpele dorpjes met vierkante huisjes van gedroogde leem. Waar de weg dicht langs de rivier liep, zag hij mensen op ezels, beide benen aan een kant bungelend. Soms waren de mensen zwart en bijna altijd groetten ze vrolijk de passerende boot. De heuvels aan de horizon waren geelbruin van kleur. Alle leven daar, in de droge woestenij, leek uitgestorven.

Tegen de avond legden ze aan om de nacht aan land te kunnen doorbrengen. Emeni maakte een vuurtje en bereidde hun simpele maaltijd, van uit Naukratis meegenomen lamsvlees en gedroogde dadels. Zodra de zon achter de bergrug onderging, de schaduwen dieper werden en de vogels hun slaapplek hadden opgezocht, koelde het sterk af. De woestijnwind was koud in de nacht. Af en toe probeerde Leon antwoord te krijgen op de vele vragen die hem bestormden. Emeni deed zijn best die vragen te beantwoorden, maar van een echt gesprek kwam niets terecht.

'Emeni, die puntige huizen voor de eeuwigheid, wie zijn daarin begraven?'

'Farao's, zonen van de zon.'

'En de priesters en de gewone mensen?'

'Priesters in mastaba's, in rotsgraven.'

Hoewel Leon probeerde Emeni aan de stuurriem af te lossen, kreeg hij daar de kans niet toe.

'Jij zeeman, ik rivierman,' was de niet onvriendelijke maar wel definitieve afwijzing. 'Ik en de rivier kennen elkaar.'

'Hoeveel dagen varen is het naar Taape, Emeni?'

De man haalde zijn schouders op. 'Weet niet. Nooit zover geweest.'

Soms legden ze 's avonds aan bij een dorpje. Dan dromden de mensen uit de lemen hutjes meteen samen rond de boot. Emeni ruilde wat van zijn voorraad tegen verse vruchten. Het was altijd een loven en bieden zonder eind. Tot Emeni's geduld opraakte en hij met enkele snauwen de mensen van zich af sloeg alsof het lastige vliegen waren.

Het viel Leon op, dat de dorpelingen er armoedig uitzagen. Ze waren meestal in vodden gekleed en staken altijd hun handen uit in een bedelend gebaar, ook als ze niets aan te bieden hadden voor een ruilhandel.

'Baksjisj... baksjisj...'

'Wat willen ze toch, Emeni? Wat zeggen ze?'

De schipper maakte een ongeduldig gebaar. 'Bedelaars, dieven en bedelaars. Stelen kleren van je lijf.'

Komend uit het welvarende Naukratis, vielen deze lemen dorpjes wel erg uit de toon. Leon merkte dat Emeni de nacht daarom liefst niet bij een dorp doorbracht. Als het even kon zocht hij daarvoor een uitnodigend bosje op, zodat ze met boot en al in het groen verborgen konden slapen.

Een mens went snel aan verandering van omgeving. De vele tempels en de grote grafmonumenten waren Leon al volkomen vertrouwd, toen ze aan het eind van de achtste dag tegen het vallen van de avond een scherpe bocht in de rivier naderden en aan de horizon de contouren van hoge bouwwerken zagen.

'Moet Taape zijn,' zei Emeni. In de avondschemering kreeg alles een gouden glans, niet alleen de zandstenen tempels, maar ook het water van de Hapi. Ze voeren nog een stuk verder de rivier op en zagen een paar enorme tempels waar tegenover ze aanlegden.

Merkwaardig, wijd en zijd was geen mens te zien. Niet op de oeverweg en niet bij de tempels. In de verte, ver achter de tempels, rees een rookwolk de lucht in, af en toe met een rode gloed, die weer verdween, terugkwam, verdween. En er hing ook een vreemde geur boven het water, die aan houtvuren deed denken.

Emeni had de lucht ook opgesnoven. Waakzaam keek hij in alle richtingen voor hij aan land sprong en zijn boot vastlegde.

'Waarom leg je niet bij Taape aan, Emeni?'

Het antwoord verraste hem niet. 'Daar iets niet in orde, ruikt vreemd, geen mensen, voorzichtig zijn, morgen kijken. Daar brandt iets, iets groots.'

Ze sliepen die nacht niet op het land, maar in de boot, en Emeni stond erop dat ze om de beurt wakker zouden blijven voor het geval er onraad naderde. Ondanks de dreigende situatie lag Leon, die de tweede wacht zou houden, op de bodem van de boot nog een poosje naar de diep donkerblauwe lucht vol stralende sterren te kijken. Hij had het vreemde gevoel dat in die wonderschone nacht van alle kanten gevaren loerden, ogen naar hen keken. Maar de vermoeienissen van de afgelopen dagen deden zich gelden. Het laatste dat hij bewust waarnam, was het silhouet van hoofd en schouders van Emeni, die onbeweeglijk ineengedoken in de boot de wacht hield tegen de dreiging van onbekend gevaar.

Leon had de tweede wacht. De nacht was vol geluiden. Af en toe rillend van de koude wind, probeerde hij krampachtig zijn aandacht niet te laten verslappen. Toen de lucht aan de oostelijke horizon begon te verkleuren en langzaam lichter werd, kon hij beter aan de overkant van de rivier de tempels van Taape zien liggen. Nog vóór de zon boven de horizon uitkwam, veranderde de omgeving in een kleurig landschap: een blauwe rivier, groene velden en honingkleurige bouwwerken. Ook Emeni was wakker geworden. Samen staarden ze naar de overzijde, waar zich niets bewoog, maar waar nog steeds een donkere verkleuring in de lucht op een al dan niet uitgewoede brand duidde. Ergens ver weg huilde een hond. Dat was het enige teken van leven. 'We moeten naar de overkant,' drong Leon aan. 'We kunnen hier niet blijven liggen.'

Zijn hart klopte in zijn keel. Hij wist heel goed dat ze, zo er nog mensen in Taape leefden, van verre al te zien waren. Als ze op de rivier bleven, als ze omkeerden en richting Naukratis stroomafwaarts voeren, zouden ze althans vanaf het land niet veel gevaar te duchten hebben. Maar ze waren met een doel gekomen. Ze konden toch niet terugkeren zonder te weten wat er in Taape gebeurd was.

Zozeer was hun beider aandacht gevestigd op de overkant van de rivier, dat ze het geluid achter hen niet eens meteen hoorden. Er rolde een steen weg, even later nog een. Met een ruk keerden beide mannen zich om. Vanachter een cactusbosje kwam een man te voorschijn. Aarzelend, alsof ook hij vreesde overvallen te worden. Wat hij zag scheen hem gerust te stellen. Hij hief zijn hand ten groet.

Ze wachtten af tot hij hen tot op enkele passen was genaderd. Toen sprak Emeni hem aan in de taal van zijn eigen land. Leon kon er geen woord van verstaan. Het gesprek duurde lang en ging gepaard met veel armgebaren. De man wees naar de tempels, naar het dorp. Daarna naar de heuvels achter hem. Tijdens het gesprek was er nóg iemand vanachter de cactusbosjes verschenen en daarna nog een paar kinderen.

Emeni probeerde niet de man te haasten. Het duurde in Leons ogen een eeuwigheid voor hij zich omdraaide en in het Ionisch begon uit te leggen wat hij zojuist had gehoord.

'Overval van Perzen. Mensen gevlucht. Verschuilen zich tussen koningsgraven...'

'Maar er is toch niemand te zien aan de overkant!'

'Perzen weer weg... hebben dorp niet verwoest. Ook tempels niet. Alleen priesterschool.'

Steeds meer mensen kwamen nu naar de oever toe. In de verwarring duurde het lang voor Leon begreep wat er precies was gebeurd. Toen de bewoners van Taape de Perzische soldaten zagen verschijnen, waren ze hals over kop de rivier over gevlucht om zich in de heuvels bij de koningsgraven in veiligheid te brengen. Dat bleek achteraf niet nodig geweest te zijn.

Het ging de Perzen kennelijk alleen om de priesterschool. De vorige dag, vóórdat de feloek met Emeni en Leon was verschenen, hadden de bewoners van Taape vanuit hun schuilplaatsen gezien hoe de Perzen de school in brand staken en de priesters wegvoerden.

'Vraag naar Pythagoras,' drong Leon aan. 'Weten ze ook iets over Pythagoras? Leeft'ie nog? Was'ie erbij?'

Weer duurde het lange tijd voor Emeni een antwoord op zijn vragen kreeg.

'Er was 'n Ioniër bij priesters, zeggen ze.'

'Maar waarom? Waarom juist de priesters?'

Terwijl hij de vraag stelde wist hij zelf al het antwoord. Hadden ze hem niet verteld, dat in Kemi alle takken van wetenschap uitsluitend door de priesters werden beoefend. Zonder dat Emeni dat nog nader behoefde uit te leggen, begreep Leon dat de Perzen niets te vrezen hadden van het gewone volk van Kemi, maar wel van de priesters en geleerden. Ze hadden de beroemde school in brand gestoken en zich meester gemaakt van de hersens van het land. En Pythagoras was erbij geweest!

Op weg terug naar Naukratis overnachtten ze nu uitsluitend op de westelijke oever. Als er nog Perzische soldaten in de buurt waren, zouden die vermoedelijk ten oosten van de rivier zijn. Maar hoe ze ook uitkeken, ze ontdekten niets abnormaals meer. Desondanks namen ze de nodige voorzorgsmaatregelen om niet tijdens hun slaap overvallen te worden.

In de tweede nacht kon Leon de slaap niet vatten. De vreemde ervaringen van de laatste dagen tolden door zijn hoofd. Zijn missie was vergeefs geweest. Hij kon Mnesarchos dan wel vertellen dat Pythagoras op het moment van de Perzische overval nog in leven geweest was, maar dat was geen duidelijk antwoord op de vraag of de man nú nog leefde. En waar hadden de Perzen de gevangen genomen priesters van Kemi heen gevoerd? Het was geen prettige boodschap die hij op Samos moest gaan overbrengen. Samos, hoe bereikte hij Samos weer? Hoe moest hij aan een logische verklaring komen voor het feit dat hij gewoon niet meer was komen opdagen toen de Samaina afvoer? Zijn gedachten keerden steeds weer terug naar de oude vrouw in haar grote huis. Hij rekende op haar. Ze zou een geloofwaardig verhaal verzinnen om hem uit de moeilijkheden te helpen. Ze zou...

Een vreemd geluid wekte hem uit een diepe slaap. Het duurde even voor hij wist waar hij zich bevond. Donkere schimmen bewogen zich op de oever en een hand legde zich plotseling over zijn mond. Terwijl hij probeerde overeind te komen, daarin gehinderd doordat hij tegen de bodem van de boot werd gedrukt door een knie op zijn borst, besefte hij dat ze overvallen waren. Hij deed wanhopige pogingen overeind te komen. Een hand graaide naar zijn gordel. Rovers, ging het door hem heen, woestijnrovers, geen soldaten. Een van de overvallers probeerde zijn gordelriem los te maken waarin hij de gouden munten had verstopt die Mnesarchos hem had meegegeven om in noodgeval te gebruiken. Hij had ze verborgen in de zakjes aan de binnenkant van zijn gordelriem, denkend dat dat een veilige plek was. Op de oever, waar Emeni de wacht moest houden, werd gevochten. Leon kon niet zien om hoeveel overvallers het ging. Er was er kennelijk slechts één over de rand van de boot geklommen. Kreten op het land duidden erop dat Emeni zich weerde. De druk van de knie op zijn borst werd iets minder toen zijn belager de munten voelde. Met inspanning van al zijn krachten drukte Leon zich overeind, terwijl hij zijn tanden in de vuile hand zette die hem het schreeuwen belette. Zijn belager had daar kennelijk niet op gerekend en uitte een kreet van pijn. In dat ogenblik greep Leon hem naar de keel en smakte hem met zijn hoofd op het boord van de feloek. De doffe klap was afdoende. De overvaller hing slap in zijn handen. Leon liet hem glijden. Hij sprong aan land, waar Emeni zich verweerde tegen twee belagers. Er flitste een mes door de lucht. Leon vocht met zijn blote handen, maar Emeni had de korte dolk uit zijn gordel weten te trekken en stak daarmee op zijn belager in, terwijl Leon de tweede man op de rug sprong. Ze rolden om en om over de drassige grond, nu eens lag Leon boven, dan weer de overvaller. Het was Emeni, die met zijn dolk op het juiste moment doel trof. Struiken ritselden toen een derde schim in de nacht verdween.

Emeni duwde Leon zonder woorden de boot in, werkte Leons slachtoffer overboord en liet hem in het water glijden. Toen stootte hij de boot af en pas op het midden van de rivier nam hij de tijd om te spreken. Wat hij zei, bevestigde Leons vermoeden. 'Woestijnrovers, tuig, vier man, de laatste is gevlucht.'

74

Leon rilde. Hij had nog nooit iemand van het leven beroofd en hij wist dat zijn belager bewusteloos was geweest toen hij door Emeni overboord werd gezet. Emeni scheen er niet de minste moeite mee te hebben dat hij zijn belagers had omgebracht. Hij was het harde leven van de woestijn gewend. Hij wist dat het erom ging wie het eerste toestak. Wie aarzelde was verloren.

Emeni hees het zeil. Hij maakte nauwelijks woorden vuil aan het gebeurde. Voelde hij zich schuldig, omdat hij door vermoeidheid even in slaap was gevallen en daardoor de rovers niet had horen naderen?

'Op westoever veel rovers,' was alles wat hij zei.

De maan kwam achter een wolkenbank vandaan. Van het ene op het andere moment veranderden de donkere rivier en de dreigende oevers in een idyllisch landschap, met een zilveren Hapi onder een nachtblauwe hemel. Midden op de rivier voer de slanke feloek stroomafwaarts. Onbewogen stond Emeni aan de stuurriem. Zijn blote voeten als altijd stevig in de boot geplant, zijn grijze gallabiya golvend in de wind. Hij was zich niet bewust van het feit dat de rivier op zijn metgezel een betoverende uitwerking had. Voor hem ging het er slechts om te overleven, zich niet te laten vernietigen, noch door Perzische soldaten op de oost-, noch door woestijnrovers op de westoever.

'We leggen niet meer aan voor de nacht,' zei hij.

Het eind van een tijdperk

'Zonder de hulp van Arigone was het me nooit gelukt.' In het koele huis van Mnesarchos bracht Leon verslag uit van zijn gevaarvolle reis. Buiten zinderde de zon boven Samos. Het was het heetste gedeelte van de dag, maar hij had niet willen wachten en had onmiddellijk na zijn terugkeer zijn opdrachtgever opgezocht. Natuurlijk waren Mnesarchos en Pythaida blij te horen dat hun zoon nog scheen te leven. Maar de ontvoering van Pythagaros zette een domper op hun vreugde.

'Ik wou dat ik u beter nieuws kon brengen,' zuchtte Leon. 'Ik breng u de gouden munten terug, die ik voor een noodgeval van u had meegekregen. Ik heb ze niet nodig gehad, doordat ik Arigone ontmoette.'

Arigone, Mnesarchos kon zich haar nog vaag herinneren. Ze was indertijd, toen hij nog een kind was, met zijn moeder bevriend geweest. Arigone had er niet alleen voor gezorgd dat Leon naar Taape had kunnen komen, ze had ook door haar talrijke relaties in de havenwijk gedaan weten te krijgen dat hij kon aanmonsteren op een handelsboot die Samos zou aandoen en ze had hem voorzien van een geloofwaardige verklaring voor het feit, dat hij niet op tijd was voor het vertrek van de Samaina.

'Je houdt gewoon vol dat je even buiten Naukratis bent overvallen en verscheidene dagen bent vastgehouden. Toen je weer in de haven je schip opzocht was het zonder jou vertrokken. Niemand kan dat tegenspreken,' had ze gezegd. Het had erop geleken of de oude vrouw er een bijzonder plezier in had een rol te spelen in een niet ongevaarlijke zaak.

'Er zit niets anders op dan te vertrouwen op de verdere gunst der goden,' zei Mnesarchos. 'Wij zullen morgen een offer brengen in het Heraion.'

Het leven van Leon veranderde nu snel. Hoewel hij zelf niet tevreden was over het verloop van zijn missie, had Mnesarchos woord gehouden en ervoor gezorgd dat hij als beloning een nieuwe zeewaardige boot kreeg. Daar deze groter was dan zijn oude boot, moest hij een permanente tweede kracht in dienst nemen. Zijn vangsten werden aanzienlijk groter, zijn welvaart nam snel toe.

In Samos-stad gonsde het van de geruchten. Sinds Polykrates de Perzen bij hun aanval op Kemi gesteund had met veertig schepen, leek het of zijn macht op zee begon af te nemen. Er werd in de havenkroegen beweerd, dat die veertig schepen van Polykrates bemand waren geweest met politieke tegenstanders van de tiran; dat hij zich op die manier van ongewenste elementen had willen ontdoen. Het eenvoudige volk was Polykrates nog steeds goed gezind, maar er werd wel beweerd, dat de grote bouwwerken die hij liet uitvoeren er de oorzaak van waren dat de bodem van de schatkist in zicht kwam.

Leon hoorde de geruchten, maar ze interesseerden hem weinig. Hij wist dat vooral van de zijde van de aristocraten geageerd werd tegen de tiran, maar zolang hij zelf niet betrokken werd in de conflicten, maakte hij zich geen zorgen. Wat hem méér trof, was het bericht dat de schoonzoon van Polykrates, de hoplieten-aanvoerder met wie Phileia getrouwd was, in een gevecht was gesneuveld. Hoewel hij haar nooit meer ontmoet had, koesterde hij nog wel de herinnering aan het meisje uit zijn jeugd. Hoe zou zij het verlies dragen? Ze had inmiddels twee kinderen, een jongen van vijftien jaar en een meisje van twaalf. Ze leefde in het paleis van haar vader. Materieel kon het haar aan niets ontbreken. Toch moest ze eenzaam zijn in het grote paleis. Zou ze opnieuw trouwen?

Op een dag, toen Leon de Hera-tempel bezocht, zag hij vóór het schathuis aan het eind van de Heilige Weg een figuur die hem vaag bekend voorkwam. De vrouw stond met haar rug naar hem toe gekeerd. Leon bleef staan. Wat deed die vrouw daar? Toen ze zich omdraaide herkende hij haar. Ze was volwassen geworden, het knappe, gave gezichtje van destijds was nu getekend door verdriet en moeilijkheden. Ze keek afwezig naar de grond, nam geen notitie van de man die op haar toe kwam. Toen hij vlak voor haar stond keek ze op.

'Phileia!' zei hij. 'Ken je me niet meer?'

Alsof er niet zo'n twintig jaar vervlogen waren sinds ze vertrouwelijk met hem was, nam ze de draad gewoon weer op waar ze die had laten liggen.

'Weet je nog dat je die pauw voor me kocht op de Tonaia? Kijk, hij staat er nog net zo als toen ik hem offerde! Leon, wat is er allemaal gebeurd in die jaren!'

Het was stil in het heiligdom. Alsof ze het tevoren hadden afgesproken, liepen ze samen naar de lygosboom bij het grote altaar en gingen in de schaduw ervan zitten. Toen begon ze te praten. Gebeurtenissen van twintig jaar werden hem in korte tijd duidelijk. Ze had in haar huwelijk niet veel geluk gehad. Ze had haar man weinig gezien, want hij was altijd onderweg. Nu eens vechtend op het vasteland, dan weer op piratenschepen op zee. Omringd door alle luxe die het leven in het paleis haar bieden kon, was ze zich steeds eenzamer gaan voelen. Ook haar moeder leefde niet meer. Haar zoon van vijftien had zich aangemeld als hopliet. En de vorige nacht had ze een droom gehad die haar zó verontrust had, dat ze de lange weg naar het Heraion te voet had afgelegd om steun te zoeken in de Hera-tempel.

'De oude droom, Leon, waarvan ik je zoveel jaren geleden heb verteld. Ik zag wéér mijn vader tussen hemel en aarde hangen, nu eens gekweld door regen en onweer, dan weer door hitte en droogte. In mijn droom was mijn vader dood. Het moet een betekenis hebben dat die droom is teruggekeerd, na al die jaren...'

Hij wist niets te zeggen wat enige troost kon bieden. Ze scheen dat ook niet te verwachten. Ze praatte door, over dingen die eigenlijk niet buiten het paleis bekend mochten zijn. Over de grootse bouwplannen van haar vader, die zoveel geld kostten dat hij in de problemen dreigde te raken. Over de moeilijkheden die de Spartanen hadden veroorzaakt toen zij, tijdens Leons afwezigheid, wraak waren komen nemen om de roof van het pantserhemd en de krater. Veertig dagen lang hadden zij de stad belegerd, gesteund door uit Samos uitgeweken tegenstanders van de tiran en door de Corinthiërs. Tenslotte had Polykrates hen verslagen. Maar het ging de tiran niet langer op alle gebieden voor de wind. Leon begreep dat Phileia geen antwoord van hem verwachtte, dat ze zich alleen maar uiten wilde tegen een vertrouwde jeugdvriend. Leon had geen verstand van politiek. Wat hij daarover hoorde, ging bij hem het ene oor in, het andere uit. Nu kregen bepaalde zaken enigszins betekenis voor hem. De wisselende verhouding van Polykrates tot de Perzen bijvoorbeeld. De tiran had de overval op Kemi gesteund. Maar de schepen die hij uitzond waren bemand geweest met zijn persoonlijke tegenstanders, uitsluitend dus om die kwijt te zijn. Nu de bodem van zijn schatkist zichtbaar werd, probeerde hij opnieuw zijn verhouding tot de Perzen te verbeteren. Ergens was dat wel begrijpelijk. Waarom maakte Phileia zich daarover zoveel zorgen?

'Ik heb gehoord dat het orakel in Delphi het einde van mijn vader heeft voorspeld. Nu ik opnieuw die droom heb gehad, ben ik bang, Leon, bang dat er iets vreselijks gaat gebeuren.'

'Je moet vaker hierheen komen,' zei hij. 'Niet dat ik je helpen kan, maar het doet je misschien goed erover te praten. Er zijn weinig mensen met wie je over zulke dingen kunt spreken. Je kunt altijd bij mij terecht. Je weet dat je niet bang hoeft te zijn dat ik er met een ander over praat.'

Ze zuchtte, stond op en streek haar lange rok glad. Ze glimlachte, maar haar ogen lachten niet. Ze had niet gevraagd hoe het met hem ging en wat er met hem in al die jaren was gebeurd. Het was net alsof dat er allemaal niet toe deed.

'Als ik hier ben op de officiële feestdagen, ben ik altijd in gezelschap. Dan kan ik niet met je praten. Maar ik kom terug, alléén.'

Hij knikte, zich bewust van de vreemde situatie. Ze wilde niet dat hij haar naar de stad bracht. Toen ze afscheid hadden genomen, keek hij haar nog lange tijd na. En hij kon zich niet onttrekken aan het gevoel dat ze in haar angst gelijk had, dat er iets vreselijks gebeuren ging.

Toen het gebeurde was Leon op zee. Pas bij terugkomst hoorde hij dat Polykrates was vermoord. Niet op Samos, maar op het vasteland; niet door zijn directe vijanden, maar door een man die hij voor een vriend had gehouden.

De ware toedracht van de zaak kwam hem pas ter ore toen hij, na vele dagen naar haar uitgekeken te hebben, Phileia in het heiligdom aantrof. Ze was nog maar een schim van de vrouw die hij gekend had. Aarzelend liep hij op haar toe. 'Phileia, ik heb het vreselijke nieuws gehoord. Wil je erover praten?'

Ze liet zich door hem naar hun vertrouwde plek onder de lygosboom voeren. Het was al laat op de dag, het heiligdom was nagenoeg verlaten en in de schemering van de avond stortte ze haar hart bij hem uit.

'Cambyses, de koning van de Perzen, is al lange tijd ziek, daardoor heeft mijn vader de laatste tijd veel contact gehad met zijn stadhouder, de satraap Oroites. Oroites wist dat mijn vader goud nodig had voor zijn grootse bouwplannen, maar ook om Samos' zeemacht uit te bouwen.'

Nu ze de feiten van de achter haar liggende vreselijke weken aan Leon probeerde uit te leggen, kwamen de tranen weer. Leon wist hoezeer Phileia op haar vader gesteld was. Hij probeerde geen indringende vragen te stellen, maar wachtte af tot ze weer in staat was verder te gaan.

'Vader had Oroites nooit persoonlijk ontmoet. Ik hoor nu dat Oroites al lang afgunstig op vader was, omdat hij erin geslaagd was de onafhankelijkheid van het eiland Samos te bewaren. Ik heb gehoord dat Oroites door een goede vriend bespot werd omdat hij, Oroites, er nooit in geslaagd was Samos aan het Perzische rijk te onderwerpen, terwijl hij er toch vlak tegenover leefde en Samos vanuit zijn eigen paleis kon zien liggen. Toen heeft Oroites mijn vader naar Mykale gelokt onder het voorwendsel dat hij hem met goud wilde steunen.'

Wolken dreven voor de maan en verduisterden het uitzicht over zee. De wind stak op. Leon sloeg zijn mantel om Phileia's schouders. Hij voelde dat ze rilde.

'Boodschappers van Oroites lieten mijn vader weten dat hij van de Perzen veel goud kon krijgen. Oroites nodigde vader uit naar Mykale te komen. Ik heb nog zo gezegd dat hij dat niet doen moest. En niet alleen ik, ook zijn waarzeggers hebben hem gewaarschuwd. Eigenlijk waren we er allemaal van overtuigd dat het aanbod van Oroites té mooi was, dat er iets achter moest zitten.

'Je weet hoe vader was. Hij luisterde niet naar ons. Hij heeft altijd gehandeld naar eigen inzicht, heeft nooit raad van anderen willen aannemen. En hij had goud nodig, dringend nodig.

'Ik heb hem herinnerd aan wat Amasis hem geschreven had toen hij de vriendschapsband verbrak. Hij noemde dat "ouwewijvenpraat". Leon, er was niets tegen te doen. Hij ging. Hij stak over naar Mykale en de verrader Oroites heeft hem vermoord.'

Opnieuw brak ze in snikken uit en weer liet hij haar zwijgend begaan. Tussen haar tranen door kwam het er in horten en stoten uit. 'Ze hebben hem gekruisigd, Leon, ze hebben hem gekruisigd!'

De droom die ze tweemaal gedroomd had! De droom waarin ze haar vader had zien hangen tussen hemel en aarde, nu eens gekweld door de brandende zon, dan weer door regen.

Polykrates was tenonder gegaan zoals het orakel in Delphi had voorspeld, zoals Amasis had voorspeld toen het offer van de tiran aan de goden was teruggekomen in de maag van een vis, zoals Phileia had gedroomd. Hij was een hard en ongemakkelijk man geweest, maar hij was goed voor het volk en hij had Samos groot gemaakt. Hij had zo'n smadelijk einde uit de hand van een liederlijk verrader niet verdiend.

Lange tijd zaten ze naast elkaar in de donkere nacht. Tenslotte stond ze op om naar het paleis terug te keren. Hij begeleidde haar over de Heilige Weg. Toen ze de stadsmuur bereikt hadden, wilde ze dat hij terugkeerde. 'Hoe moet het nu verder met jou?' vroeg hij. Ze gaf er geen antwoord op. 'Phileia, je weet, je kunt altijd bij me komen. Ik heb sinds kort een veel groter huis. Het gaat me goed, ik kan voor je zorgen.'

Terwijl hij het zei, begreep hij hoe ongeschikt het moment was om haar zo'n voorstel te doen, maar hij wilde dat ze zich in het grote paleis niet totaal verlaten zou voelen.

Phileia gaf nauwelijks antwoord. 'Ga nu, Leon, ik ben bijna thuis.'

Thuis, had ze gezegd. Besefte ze niet dat het paleis na de ondergang van haar vader, wel eens géén thuis meer voor haar zou kunnen zijn? Wat ging er gebeuren met de familie van de tiran? Wie zou zijn opvolger zijn en hoe zou hij Phileia behandelen? Het scheen allemaal nog niet tot haar te zijn doorgedrongen, maar híj dacht verder en voorzag grote problemen.

'Ik zal er altijd voor je zijn, Phileia. Voor jou en je kinderen.'

'Dank je, Leon,' zei ze. Toen was ze achter de stadsmuur verdwenen.

Vol onheilspellende voorgevoelens keerde hij naar Kalamoi terug, in de zekerheid dat er een eind gekomen was aan een tijdperk. En dat de toekomst vol onzekerheden was.

De verhouding van Polykrates tot de Perzen was een merkwaardige geweest. Nooit had hij de bedoeling gehad zijn macht over het vasteland uit te breiden, zo hij al invallen deed op de kust. Die waren slechts bedoeld als piraterij, om aan rijkdommen te komen, niet om er zijn macht te vestigen.

Polykrates had de Perzen nu eens dwars gezeten, dan weer gesteund. Maar hij was er altijd in geslaagd de onafhankelijkheid van Samos te bewaren. En hij had ervoor gezorgd dat zijn eiland een centrum werd van zeemacht, kunst en cultuur.

Na zijn dood kwam de onrust. Polykrates' vroegere secretaris Maiandrios volgde hem op. De man was niet geliefd bij het volk. Hij bleef maar kort aan de macht. En toen hij stierf deden de wildste geruchten over de opvolging de ronde. Phileia hoorde ze amper. Ze leefde teruggetrokken, kwam nog maar weinig buiten het paleis. Parthenia, haar dochtertje, was haar enige houvast in een omgeving vol intriges. Wie moest ze nog vertrouwen in de chaos? Bedienden die zich vroeger voor haar in het stof bogen, hadden iets brutaals in hun houding gekregen. Er werd over haar gefluisterd. Gesprekken werden plotseling afgebroken als zij verscheen. Alleen Kreofyli, de getrouwe slavin die al voor haar zorgde toen ze nog een baby was, omringde haar nog met de oude zorg.

Op een middag treuzelde de vrouw na het wegruimen van de maaltijd opvallend lang. Zodra de andere slaven het vertrek verlaten hadden, knielde ze naast Phileia's stoel. Ze wilde iets zeggen maar wist niet hoe te beginnen.

'Wat is er, Kreofyli?'

'Meesteres,' fluisterde de oude vrouw, 'ik moet u waarschuwen. U bent in gevaar.'

'Ik? Waarom, Kreofyli? Wat bedoel je?'

'Hebt u de geruchten niet gehoord? Heeft niemand u iets verteld?'

Phileia had niets gehoord. Ze leefde in isolement. Ze zocht geen contact met de andere paleisbewoners. Voor haar waren alle dagen aan elkaar gelijk; ze liet zich drijven als een blad op de wind. De mededeling van de slavin kwam als een donderslag. Ze moest weten wat er aan de hand was. Te lang had ze zich afgesloten van de wereld om haar heen.

Kreofyli begon haastig te spreken, daarbij regelmatig naar de deur kijkend, bang dat er iemand zou binnenkomen.

'Ze zeggen in de stad dat uw oom Syloson, die door uw vader werd verdreven, de nieuwe tiran van Samos wordt. Ze zeggen dat hij al hierheen onderweg is en dat hij van plan is zich te wreken op u, voor wat zijn broer hem heeft aangedaan. Ze zeggen dat hij u als slavin gaat verkopen.'

Sprak Kreofyli de waarheid? Het was niet aannemelijk dat ze haar meesteres onnodig angst zou aanjagen. De verschrikkelijke situatie drong langzaam tot Phileia door. Als Syloson naar Samos kwam, hing haar leven inderdaad aan een zijden draad. Háár leven en dat van haar dochter. Over haar zoon behoefde ze zich geen zorgen te maken. Die leefde ergens op zee, bij de hoplieten. Wat moest ze doen om zichzelf en haar dochter te beschermen? Kreofyli wist, dat ook zij in gevaar kwam als de nieuwe heerser merkte dat zij Phileia had gewaarschuwd. Maar ze was een trouwe ziel en wilde het ongeluk afwenden.

'U moet weg, meesteres. Vannacht nog. Syloson kan elk moment aankomen. Hij staat in de gunst bij de Perzische koning. Hij levert Samos uit aan de Perzen en hij gaat zich persoonlijk wreken op de dochter van Polykrates.'

Phileia was niet gewend snel beslissingen te nemen. Vannacht nog, had de slavin gezegd. Waar moest ze heen?

Naast haar fluisterde de oude vrouw: 'Het wordt een donkere nacht. De maan staat in het eerste kwartier. U moet na de middagrust met Parthenia naar de tempel van Apollo gaan. Wacht daar tot er niemand meer in de tempel is en ga dan naar de halfingestorte hut achter de tempel. Ik zal daar op u wachten met wat kleren. Als de stad slaapt breng ik u weg. U moet ongezien de stad uit, maar u kunt niet door de poort. Ik breng u naar de tunnel.'

'Maar Kreofyli, waar moet ik heen?'

'Naar Leon,' fluisterde de slavin, 'de visser uit Kalamoi. Híj zal u opnemen. En niemand zoekt de dochter van Polykrates in een vissershut in Kalamoi. Ik ken een sluipweg door het struikgewas van de Apollotempel naar de tunnelingang. U moet langs de waterleiding naar de andere kant van de berg vluchten. Het is een grote omweg, eerst door de tunnel en dan aan de andere kant van de muur naar de kust, naar Kalamoi. Maar het is de enige manier. Zó komt u de stad uit zonder gezien te worden. Als Syloson morgen aankomt en u hier niet vindt, laat hij naar u zoeken. Maar hij zal het snel opgeven; hij krijgt zoveel aan zijn hoofd.'

Alles scheen de slavin overwogen te hebben. Phileia gaf zich gewonnen.

'Ik doe wat je zegt, Kreofyli. Ik ben je dankbaar dat je me helpen wilt. Je hebt gelijk, als Syloson hier is, zijn we geen moment meer veilig.'

'Ga nu naar uw kamer, meesteres. Als de stad slaapt ontmoet ik u bij de tempel. Wees niet bang, ik breng u weg. Als u maar eenmaal de stad uit bent, niemand zoekt u in Kalamoi.'

Als een schaduw glipte de oude vrouw weg. Phileia bleef nog een ogenblik alleen achter in de grote eetzaal. Toen stond ze op om haar dochtertje te zoeken. De gedachte aan Parthenia en het gevaar waarin haar kind verkeerde, wekte haar op uit haar lethargie. Even vroeg ze zich verbaasd af hoe Kreofyli had kunnen weten dat Leon haar bescherming had aangeboden. Ze kon zich niet herinneren daar ooit met iemand over te hebben gesproken. De oude vrouw, die sinds haar geboorte voor haar gezorgd had, wist méér van haar dan ze zelf kon vermoeden. Met grote genegenheid bedacht Phileia, dat Kreofyli haar eigen leven in gevaar bracht door haar met Parthenia te helpen ontsnappen. Bij zoveel moed kon zij zelf niet passief blijven.

De matheid en gelatenheid vielen van haar af; de levenswil kwam weer boven. Ze zou Syloson zijn wraak niet gunnen. En ze vertrouwde erop dat Kreofyli wist wat ze deed. Geen moment twijfelde ze eraan of Leons belofte nog wel van kracht was. 'Je kunt altijd bij mij terecht,' had hij gezegd. Leon was haar enig mogelijke redding.

Kreofyli had alles goed berekend en voorbereid. De nacht was donker. Het kleine maansikkeltje werd regelmatig door wolkenbanken verduisterd.

Phileia en Parthenia wachtten tot er niemand meer in de Apollotempel was, tot ze geen geluiden meer hoorden uit het straatje dat naar de tempel leidde. Toen slopen ze naar de ingevallen hut achter de tempel, iets hoger op de berghelling. De oude slavin was er al. Ze had een draagmand volgepakt met kleding en persoonlijke bezittingen van haar meesteres, ze had zelfs gedacht aan voedsel voor onderweg.

'Meer kon ik niet ongemerkt meenemen,' fluisterde ze. 'Water hebt u in de tunnel genoeg. U moet ook twee fakkels hebben, voor ín de berg, ik geloof niet dat iemand gemerkt heeft dat ik die heb weggenomen.'

Ze leidde de twee vluchtelingen over een kronkelend geitepad door het dichte struikgewas hoger de berg op. Boven hen uit waren, als het wolkendek even opentrok, de contouren te zien van de stadsmuur die Polykrates over de bergkam had laten aanleggen. In hun slaap opgeschrikte vogels fladderden af en toe op in de struiken. Parthenia schrok van een paar fel oplichtende ogen. De stem van de slavin stelde haar gerust. 'Een vos, niets om bang voor te zijn. Hier komt niemand.'

De afstand van de stad tot aan de uitgang van de tunnel leek wel driemaal zo lang als hij in feite was. Takken sloegen hen in 't gezicht, doorns bleven haken in hun kleren. Toen het wolkendek even openbrak, lag het theater op de berg spookachtig verlaten onder hen in het licht van het maansikkeltje. Het was een ware opluchting toen het geluid van kabbelend water het eind van althans deze beproeving aankondigde. Kreofyli greep Phileia's hand. 'Hier moet ik u verlaten, meesteres. Ik breng u nog tot in de tunnel om de fakkel te ontsteken. Parthenia moet de mand verder dragen én de tweede fakkel. Maar steek die pas aan als de eerste is uitgebrand. Zorg dat u in Kalamoi bent vóór de zon opkomt, niemand mag u zien.'

'We brengen Leon in gevaar,' fluisterde Phileia. 'Kan ik niet beter naar het Hera-heiligdom gaan? Het Heraion heeft asielrecht, daar mag toch niemand ons iets doen?'

Kreofyli duwde de vluchtelingen de tunnel in en ontstak de fakkel. Ze gaf pas antwoord toen de kleine vlam opgloeide.

'Het zou de eerste keer niet zijn dat het asielrecht van het Heraion geschonden wordt. De Perzen hebben geen achting voor de godin, Syloson dus ook niet. Niemand mag weten wáár u gebleven bent. Heus,

Syloson zoekt niet lang. Over enkele manen is hij u vergeten. Die tijd mag u zich nergens vertonen. Ik heb drie nachten geleden Leon in Kalamoi opgezocht en om hulp gevraagd. Hij verwacht u. Ga nu, de tunnel is lang.'

Phileia greep de handen van de slavin. 'Het ga je goed, Kreofyli. Ik zal je altijd dankbaar blijven, ik zal...' Tranen liepen over haar gezicht en beletten haar het spreken.

'De godin bescherme u beiden,' fluisterde de slavin. Toen was ze in het donker verdwenen.

'Kom, Parthenia. We moeten verder.'

Strompelend over de oneffen bodem gingen ze op weg. Het flakkerende licht van de fakkel tekende grillige schaduwen op de wanden. De loopruimte naast het waterkanaal was maar smal. Ze moesten achter elkaar blijven en voortdurend opletten om hun hoofd niet te stoten. Op de muren stonden rode tekens, die de afstanden aangaven en soms de namen van de gravers van de tunnel. Phileia las eraan af hoe lang ze nog moesten volhouden. Parthenia volgde haar moeder zonder een woord te zeggen. Ze besefte het gevaar nog niet in zijn volle omvang. In haar twaalfjarig hoofd was de nachtelijke tocht een griezelig, maar toch ook een spannend avontuur. Maar toen ze moe werd was de aardigheid eraf.

'Hoe lang nog? Ik kan niet meer.'

'Nog twee stadiën,' hoorde ze haar moeder zeggen, 'dán zijn we weer in de buitenlucht.'

Op dat moment gaf het kind een gil, die in de besloten ruimte van alle zijden werd weerkaatst. Ze liet de mand en de reservefakkel vallen en sloeg de handen voor haar gezicht.

Phileia voelde het angstzweet uitbreken. 'Wat gebeurt er?'

'Een geest,' snikte Parthenia, 'dáár... een geest!'

Groteske schaduwen dansten over de muur en gleden weg in de verte. Het duurde even voor Phileia haar dochter ervan had kunnen overtuigen dat ze geschrokken was van een vleermuis.

Doodmoe bereikten ze het eind van de tunnel. Door de lange tocht door de berg had Phileia geen begrip meer van de tijd. Tot haar grote opluchting was het buiten nog steeds pikdonker.

'Even rusten,' jammerde het kind. 'Ik ben zó moe, even rusten!'

Phileia durfde geen ogenblik te verliezen. 'Je kunt straks manenlang rusten, nu niet! We moeten nog een heel eind. Straks wordt het licht en niemand mag ons zien.'

Waar ligt de grens van het menselijk uithoudingsvermogen?

De lucht begon in het oosten al te kleuren toen Leon wakker schrok door een ongewoon geluid. Zijn nieuwe huis lag aan de rand van de kleine nederzetting, vlak aan zee. Hij was gewend aan de geluiden van de branding, van de wind, van rollende kiezels op het strand. Dit was een ander geluid. Slaapdronken stommelde hij naar de deur. Hij was op slag klaar wakker toen hij de totaal uitgeputte vluchtelingen zag en hij had geen verklaring nodig.

'Phileia,' zei hij, 'ik wist dat je eens komen zou. Wees welkom in mijn huis.'

Pythagoras

De vriend is het andere ik.

Pythagoras (570-470 v.Chr.)

Thuiskomst

De in het wit geklede man was een opvallende verschijning aan de havenpier van Milete. In de chaos van de meest uiteenlopende goederen die geladen en gelost werden door zwetende havenarbeiders, trok hij door zijn lange, magere gestalte, zijn smetteloze kleding, zijn kleine puntbaardje en verzorgde haar allerwege de aandacht. Langzaam zocht hij zijn weg tussen pakken en balen door, terwijl zijn ogen langs de afgemeerde boten gleden. Een jonge varensgast met een zware mand op de schouder botste bijna tegen hem op. Geschrokken zette hij de mand op de grond en geïrriteerd keek hij de man aan, die zo duidelijk niet in de havenwijk thuishoorde.

'Zoek je wat?'

De toon was vrijpostig, maar niet vijandig.

'Ik zoek een boot die op Samos vaart, ik wil naar de overkant.'

De man sprak het Ionisch iets te nadrukkelijk uit, alsof hij de taal lange tijd niet gesproken had.

'Aan 't eind van de kade, daar waar die ezelskaravaan staat. 't Is een kleine boot, géén Samaina.'

'Dankjewel.'

De varensgast bukte zich en hees de mand weer op zijn schouder. De man in het wit verdween in de aangegeven richting.

Leon van Kalamoi had een bootlading Samische aarde naar Milete gebracht en keek toe hoe de kisten op de rug van een aantal ezels geladen werden. Hij had nog geen vracht weten te bemachtigen voor de terugweg en stond op het punt naar de havenmeester te gaan om te informeren naar mogelijkheden, toen ook hij de merkwaardige bezoeker van de haven gewaar werd. De man kwam recht op zijn boot af. Leon kreeg het vreemde gevoel dat hij hem ergens ontmoet had. Iets in de houding, in de gelaatsuitdrukking, in de lichte ogen onder het hoge voorhoofd, kwam hem bekend voor. Toch wist hij zeker de vreemdeling niet te kennen.

'Goedemorgen, kunt u mij zeggen wie de schipper is van deze boot en wat haar bestemming is?'

Ook Leon hoorde iets merkwaardigs in de uitspraak van de woorden.

'Ik ben de eigenaar en ik vertrek zodra ik lading heb naar Samos. Mijn naam is Leon van Kalamoi.'

'Ik zoek overtochtmogelijkheid,' zei de vreemdeling. 'En nu ik na veertig jaar Samos voor 't eerst weer in de verte kan zien liggen, heb ik haast. Ik kan je goed belonen. Mijn naam is Pythagoras.'

Met een lading amandelen uit Alysia alsmede een belangrijk passagier, gleed Leons boot door de straat van Mykale, onder de zuidkust van Samos door in de richting van Kalamoi. Met de wind in de rug en over een rustige zee was het een pleziervaart, die hij zich zijn leven lang zou herinneren. Geen wonder dat de onbekende man op de havenpier van Milete hem direct vertrouwd geweest was: Pythagoras had de gestalte van zijn vader, bouwmeester Mnesarchos, op wie hij in vele opzichten sterk leek.

Door het rustige weer was het Leon mogelijk de boot door Simias, zijn jonge helper, te laten besturen en zelf aandacht te besteden aan zijn passagier. De gedachte dat hij nu, twaalf lange jaren nadat hij in opdracht van Mnesarchos in Kemi naar Pythagoras had gezocht, de verloren zoon naar zijn vader terugbracht, gaf hem het gevoel of hij tegenover een oude vriend zat, een man die hij zijn leven lang had gekend.

Pythagoras was merkbaar ontroerd terwijl hij de kust van zijn vaderland zag naderen. Hij sprak onbevangen met de schipper over zijn leven sinds hij zijn eiland verliet om in Kemi te gaan studeren. Hij vertelde van de komst van de Perzen, die alle priesters hadden ontvoerd, over zijn leven van de laatste twaalf jaar als gevangene in Babylon, over zijn vrijlating op voorspraak van de lijfarts van de Perzische koning.

'Het is of mijn leven is ingedeeld in afgeronde episoden: mijn jeugd op Samos – bijna twintig jaar; mijn studie in Kemi – twintig jaar; mijn ballingschap in Babylon – twaalf jaar. Ik nader de zestig. En er is nog zó veel te doen.'

Leon begreep dat zijn passagier praatte om zijn emoties te verwerken. Hij luisterde, stelde af en toe een vraag, gaf antwoord als hem zelf wat gevraagd werd. Plotseling werd hij zich bewust van het feit dat Pythagoras niet wist dat hij, Leon, geprobeerd had hem op te sporen toen de Perzen Kemi hadden overmeesterd. In zijn eigen herinnering was dat een groot avontuur geweest. Wat verbleekte dat nu vergeleken bij alle wederwaardigheden uit het leven van de geleerde. Ineens zei hij: 'Dat ik

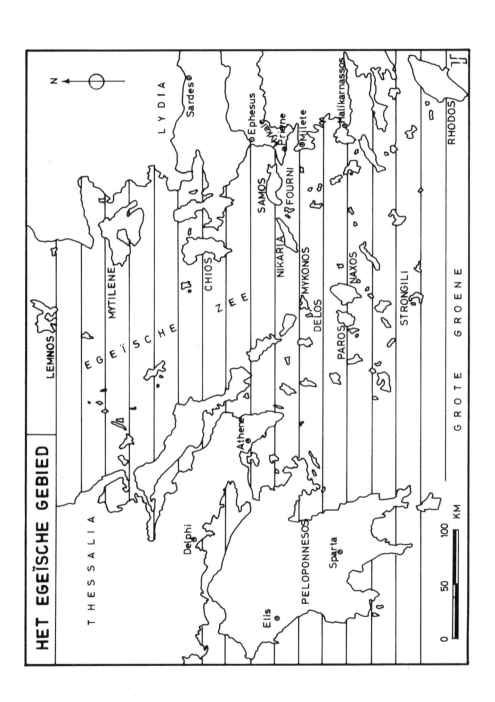

HET EGEÏSCHE GEBIED

THESSALIA

LEMNOS

EGEÏSCHE

MYTILENE

ZEE

CHIOS

Delphi

Elis

Athene

SAMOS

NIKARIA

FOURNI

Sardes

LYDIA

Ephesus

Priene

Milete

Halikarnassos

PELOPONNESOS

Sparta

PAROS

DELOS

MYKONOS

NAXOS

STRONGILI

GROTE   GROENE

RHODOS

0   50   100
KM

N

u nu tóch naar Samos terugbreng, na zoveel jaar! Het moet de gunst der goden zijn...' En daarna vertelde hij van zijn reis naar Naukratis, zijn ontmoeting met Arigone, zijn teleurstelling in Taape.

Inmiddels voeren ze onder de oorlogshaven door naar de aanlegsteiger bij Kalamoi.

'Altijd hebben uw ouders geprobeerd berichten over u te krijgen. Het was zo'n teleurstelling dat de Perzen mij vóór waren geweest in Taape.'

'Zoals het nu voor mij zó'n teleurstelling is dat mijn ouders mijn terugkomst niet kunnen meemaken, dat ik hun nooit heb kunnen vertellen hoe dankbaar ik ben dat ze destijds mijn reis naar Kemi mogelijk hebben gemaakt en dat ik altijd in gedachten bij hen was.'

Leon was bezig de boot vast te leggen. Daardoor drong pas even later tot hem door wat Pythagoras zei. Zijn vrolijke lach leek een verkeerde reactie. 'Welkom op Samos, heer,' zei hij. 'Ik breng u rechtstreeks naar Mnesarchos en Pythaida; zij wonen nog steeds op de helling van de Ampelos en zijn beiden nog goed gezond.'

En voor de ander van zijn verbazing was bekomen, voegde hij eraan toe: 'Uw vader gaf mij twaalf jaar geleden een opdracht, ik heb het gevoel dat ik die nú pas heb uitgevoerd.'

Sinds Phileia negen jaar tevoren bescherming had gezocht in Leons huis, was zijn leven sterk veranderd. De slavin Kreofyli had gelijk gehad: Syloson liet onmiddellijk naar Polykrates' dochter en kleindochter zoeken, maar toen hij niet snel succes boekte en daarnaast andere zorgen aan zijn hoofd kreeg, gaf hij zijn wraakpogingen op. En toen Syloson kort nadat hij naar Samos was teruggekeerd, stierf en opgevolgd werd door zijn zoon Aiakes, was het gevaar voor de beide vrouwen voorbij. Aiakes had geen belangstelling voor hen. Hij had zijn handen vol aan het bestuur van Samos, de Perzen eisten zijn volledige inzet. Phileia kon uit haar schuilplaats komen. Praktisch niemand nam notitie van het feit dat Leon in zijn strandhuis bij Kalamoi nu een vrouw had.

Phileia bleek over een zeer groot aanpassingsvermogen te beschikken. Alle dingen die tijdens haar paleisleven voor haar werden gedaan, moest ze nu zelf doen. Ze scheen er aardigheid in te hebben. Ze leerde snel koken en het huishouden doen voor het kleine gezin, ze was tevreden met het nieuwe en rustige bestaan. Leon profiteerde er bovendien van dat zij dingen had geleerd waar hij geen weet van had, zoals lezen en schrijven. Met zijn nieuwe, grotere boot ging hij allang niet meer alleen op visvangst. Hij vervoerde vrachten naar de omliggende eilanden en naar het vasteland aan de overkant van de straat van Mykale, en hij begon zelf als handelaar op te treden, daarin bijgestaan door Phileia, die kon boekhouden.

Na de gelukkig maar korte tijd dat Phileia en haar dochter zich schuil hadden moeten houden, vond Parthenia het leven in Kalamoi veel prettiger dan in het paleis, waar altijd op haar gelet werd. Ze leerde weven en vlechten, waarin ze heel handig bleek te zijn. Ze hielp haar moeder in huis. Nadat ze voor een imker een paar prachtige bijenkorven had gevlochten, kreeg ze als beloning zelf een bijenvolk, en daarmee begon ze een honingbedrijfje. Met Simias, Leons hulpkracht, konden de vrouwen goed opschieten. Simias was van het begin af aan ingewijd geweest in hun geheim, wat een band schiep. Parthenia bewonderde de knappe jonge visser, een bewondering die na enkele jaren uitgroeide tot verliefdheid. Hij was acht jaar ouder dan zij en het verbaasde Leon en Phileia niet, dat ze meer en meer naar elkaar toe groeiden en op Parthenia's zestiende geboortedag plechtig aankondigden dat ze samen een gezin wilden stichten. Met eigen handen bouwde Simias een kleine woning op een steenworp afstand van die van Leon. Toen ze hun eigen huisje betrokken, maakte Leon zijn schoonzoon mede-eigenaar van zijn boot.

De terugkeer van Pythagoras bracht een schok teweeg op het eiland. Mnesarchos en Pythaida, beiden hoogbejaard, begroetten hun reeds lang doodgewaande zoon met een groot feest, waarbij offers gebracht werden, niet alleen aan de godin Hera, maar ook aan Apollo, de god van het goede en schone, en aan Poseidon, de god van de zee. Uit alle hoeken van Samos kwamen vrienden van de familie ter begroeting naar Mnesarchos' huis. Daarbij was ook Hermodamas, Pythagoras' eerste leraar, aan wie hij zulke goede herinneringen had, vooral uit de twee jaar die ze samen op Mytilene hadden doorgebracht. Ook Hermodamas was een bejaard man geworden, meer dan tachtig jaar oud. Dagenlang wisselden de beide geleerden kennis en ervaringen uit. Het was Hermodamas, die Pythagoras meedeelde dat Pherekydes, die hem had wegwijs gemaakt in de wereld van de religie, nog leefde en op het eiland Delos zijn laatste levensdagen sleet in eenzaamheid.

'Hij lijdt aan een huidziekte, die ze de luizenziekte noemen,' zei Hermodamas. 'Iedereen is bang besmet te worden. Niemand bekommert zich nog om hem.' Nu Pythagoras na al die lange jaren van balling-

95

schap weer over zijn leven kon beschikken, nam hij een besluit dat heel Samos verbaasde. Zonder zich de tijd te gunnen van al zijn ontberingen te bekomen, kondigde hij aan dat hij zijn oude meester op Delos wilde bezoeken en dat hij daarna een reis langs alle belangrijke Helleense heiligdommen ging maken.

Wie probeerde hem van zijn plannen te weerhouden door hem eraan te herinneren dat hij zelf bijna zestig levensjaren telde, kreeg ten antwoord: 'Juist daarom! Ik ben bijna zestig en er is nog zó veel te doen!'

Mnesarchos reageerde praktisch. Hij schonk zijn zoon Aristeios en Zamolxis, twee betrouwbare slaven, die zeer aan de familie gehecht waren, om hem op de in het verschiet liggende reizen te vergezellen. Het was ook Mnesarchos die op het idee kwam Leon te vragen voor de overtocht naar Delos te zorgen. Leon voelde zich vereerd. Hij aarzelde niet.

'Ik moet hem naar Delos brengen,' zei hij 's avonds tegen Phileia. 'Ik weet niet hoe lang de reis gaat duren, maar je begrijpt dat ik niet weigeren kan.'

Phileia voelde zich niet gerust. Toch probeerde ze niet Leon van zijn voornemen te weerhouden. Het was of het grote respect dat hij voor de teruggekeerde geleerde had, op haar oversprong. Als het door de goden zo beschikt was, moest zij daar dan tegenin gaan? Ze vroeg hem wanneer hij vertrekken moest.

'Ik heb twee dagen nodig om samen met Simias de boot in orde te maken,' zei hij. 'Maar ik neem Simias niet mee. Ik wil niet dat jullie helemaal alleen hier blijven, ik weet immers niet hoe lang het duren gaat.'

'Ik ga voor leeftocht zorgen,' zei ze. 'Voor vier man gerookt vlees, broden, gedroogd fruit, amforen wijn en vaten drinkwater.'

Hij wist hoeveel moeite het haar kostte hem te laten gaan. Even vroeg hij zich af of hij haar dat wel kon aandoen. De aarzeling verdween vrijwel meteen. Sinds hij als kleine jongen zijn vader had horen spreken over Mnesarchos' bijzondere zoon, leek het of hij steeds weer een rol moest vervullen in diens leven. En ook hij dacht: als de goden het steeds zo beschikken dan kan ik me daartegen niet verzetten.

'Phileia,' zei hij, 'ik had geen betere vrouw kunnen treffen dan jou!'

De opmerking scheen nergens op te slaan. Maar Phileia verstond hem zoals hij bedoeld was.

Sinds Leon zich was gaan toeleggen op transport en handel, voer hij regelmatig op de eilanden in de Egeïsche Zee. Voorzichtig als hij was, koos hij zijn koers van eiland naar eiland en verder dan Rhodos in het zuiden en Mykonos in het westen was hij nooit gekomen. Maar hij wist dat Delos even westelijk van Mykonos lag en dus gemakkelijk te bereiken was.

Met de wind achter voer hij over een vlakke zee. De beide slaven van Pythagoras waren hem behulpzaam bij het besturen van de boot, zodat hij tijd kon besteden aan zijn belangrijke passagier.

Delos, het geboorte-eiland van Apollo, god van de schoonheid, het licht en de muziek, was een belangrijk godsdienstig centrum in de Ionische wereld. Het was niet opmerkelijk dat Pherekydes dit eiland tot woonplaats had gekozen.

Tegen het vallen van de avond bereikten zij de kust van het eiland en besloten die nacht in de boot door te brengen. Ze trokken hem op het strandje en de slaven legden een vuurtje aan. De wind was gaan liggen, boven Delos stonden ontelbare sterren aan de wolkeloze nachtelijke hemel. In het licht van de maan glansde de rustige zee.

Pythagoras sprak over de sterrenwacht in het voorgebergte van Mykale, waar Thales en Anaximander hem hadden onderricht in de sterrenkunde, maar hij merkte algauw aan de wijze waarop zijn metgezellen reageerden, dat zij hem niet konden volgen. Met een stokje tekende hij toen in het zand de kaart van het Egeïsche gebied, zoals hij die Anaximander in brons had zien graveren.

'Kijk,' legde hij uit, 'de Helleense stammen zijn afkomstig uit dit grote stuk van het vasteland. Hier ligt Athene. Dit zuidelijke stuk heet de Peloponnesos, met westelijk ervan de Ionische en oostelijk de Egeïsche Zee.'

Pythagoras zag dat de mannen voor wie de samenhang van de hemellichamen onbegrijpelijk geweest was, onmiddellijk belangstelling toonden voor deze, hun eigen wereld. Hij wees met het stokje de plaatsen aan, waarvan zij de namen kenden. 'Athene hier, Sparta daar, en even westelijk van Sparta ligt Elis, waar iedere vier jaar de Olympische Spelen worden gehouden. Anaximander heeft dit hele gebied met ontelbare eilandjes in kaart gebracht en ik ben van plan die kaart uit te breiden en nauwkeuriger te maken. We zijn nu zó gevaren, van Samos langs Nikaria en van Mykonos naar Delos. Dit hele gebied is door de Ioniërs gekoloniseerd, net als de Ionische steden op het vasteland in het oosten: Sardes, wat zuidelijker Ephesus en nog meer naar het zuiden Milete. Leon, jij bent in veel van de Ionische havens geweest. Maar de Ioniërs hebben ook hier, in het verre westen, steden gekoloniseerd: op de zuidkust van een land dat Italia heet. Dát zijn de beroemde plaatsen Tarentum, Sybaris en Kroton. En nog verder naar het zuidwesten ligt het grote eiland Sicilia, met de Ionische kolonie Syracuse. Overal vind je Ionische nederzettingen. Ik kan hier in het zand natuurlijk maar een heel ruwe benadering van de werkelijkheid tekenen. Binnenkort ga ik een grote reis maken om de ligging van de eilanden ten opzichte van elkaar en het vasteland te berekenen en nauwkeurig in te tekenen. Dat kan veel gemak voor zeevarenden betekenen.'

Leon was vertrouwd met een klein gedeelte van de Egeïsche Zee. Hoe belangrijk was wat Pythagoras hier even luchtig vertelde! Hij wilde vasthouden wat de meester in het zand getekend had en kreeg plotseling een idee. Toen de anderen vermoeid van de lange dag op zee zich in hun mantels rolden om te slapen, nam hij een reserve roeiriem uit de boot en kraste er met zijn mes Pythagoras' ruwe tekening in, die nog vaag zichtbaar was in het licht van het smeulende vuurtje.

De volgende ochtend na een ontbijt van ongerezen brood, dat Phileia had meegegeven, ging Pythagoras met Leon en Zamolxis op zoek naar de woning van Pherekydes. Voor alle zekerheid bleef Aristeios als bewaker bij de boot op het strand.

Pythagoras zocht eerst de tempel van Apollo op, waar hij mensen hoopte aan te treffen die inlichtingen konden geven over zijn oude meester. De priester in de Apollo-tempel wees hem de weg naar het Heilige Meer. Pherekydes zat in de deuropening van zijn kleine hut, die over het meer uitkeek, op het terras met de leeuwebeelden. Hij was er slecht aan toe. Daar niemand zich om hem bekommerde, moest de oude man zelf zorgen voor zijn voedsel, iets wat hij nog maar nauwelijks kon opbrengen. In de eenzaamheid van zijn bestaan waren zijn herinneringen zijn enige metgezellen. Een van de leerlingen op wie hij het meest gesteld geweest was, zag hij regelmatig voor ogen. Soms in een droom, soms ook wel op klaarlichte dag. Pherekydes leefde steeds meer in een schijnwereld, waarin hij niet meer kon onderscheiden wat herinnering en wat werkelijkheid was.

De zon, die nog vrij laag aan de oostelijke hemel stond, verblindde hem. Kwam het daardoor dat het was of hij een bekende gestalte zag naderen? Hij kon geen gezicht onderscheiden, maar de houding, de wijze van lopen van een van de drie mannen die in zijn richting kwamen, deden hem denken aan de beste leerling die hij in zijn lange loopbaan had gehad. Pythagoras, dacht hij. Wat zou er toch van Pythagoras geworden zijn? Vlak bij de hut gekomen stak een van de naderende mannen in een begroetend gebaar zijn armen uit. Pherekydes was ervan overtuigd dat hij weer een van zijn steeds vaker terugkerende dagdromen beleefde. Tót hij de stem hoorde. Gezichten kunnen door de jaren heen verouderen, een stem is onveranderlijk!

'Meester,' zei die stem, 'herkent u uw leerling niet meer? Na twaalf jaar ballingschap in Babylon is mijn eerste reis in vrijheid naar Delos om u te kunnen ontmoeten.'

Wankelend kwam de zieke man overeind. Zonder enige aarzeling sloot Pythagoras zijn oude meester in de armen. 'In mijn jonge jaren was u mij tot steun,' zei hij, 'nu ben ik naar Delos gekomen om u te verzorgen.'

De toestand van de oude meester was bijzonder slecht. Pythagoras nam zijn intrek in de kleine hut en deed wat hij kon om het lot van de patiënt te verzachten. Maar zijn grote medische kennis kon de verwoestingen door de tijd en de ziekte aangebracht, niet ongedaan maken. Wel kon hij ervoor zorgen dat de laatste levensdagen van Pherekydes gelukkige dagen werden. Terwijl Leon en Zamolxis de hut opruimden, levensmiddelen inkochten, de maaltijden verzorgden, hield Pythagoras de oude man voortdurend gezelschap. Hun gesprekken over de onderwerpen die hen beiden een leven lang hadden beziggehouden, waren voor de beide anderen volslagen onbegrijpelijk. Pherekydes genoot ervan. In zijn lichamelijk ondermijnde lichaam was de geest nog ongeschonden.

Tien dagen na hun komst overleed Pherekydes. Het weerzien met zijn beste leerling had zijn leven als het ware een bevredigende afronding gegeven. Op de terugweg naar Samos was Pythagoras niet erg spraakzaam. Hij had een vriend verloren, weliswaar een vriend op gezegend hoge leeftijd, maar het verlies van een vriend is altijd hard.

'De vriend is het andere ik,' zei hij tegen Leon. Die uitspraak kreeg in Leons leven bijzondere betekenis.

Phileia slaakte een zucht van verlichting toen ze het bekende silhouet van Leons boot het strand van Kalamoi zag naderen. Ze voelde zich verloren als hij langer dan enkele dagen wegbleef. Vooral de onzekerheid over de duur van de reis met Pythagoras had haar slapeloze nachten bezorgd. Ook Leon was blij weer thuis te zijn.

Met Pythagoras was het anders gesteld. Het leek of hij in recordtijd wilde inhalen wat hij in de jaren van ballingschap had moeten verzuimen. Hij maakte een reisplan om in zo kort mogelijke tijd alle belangrijke Helleense heiligdommen te bezoeken. En weer vroeg hij Leon hem weg te brengen, ditmaal naar Kaftor. Daar wilde Pythagoras worden ingewijd in de mysteriën van Zeus. De meester moest daarvoor driemaal negen dagen doorbrengen in de geboortegrot van Zeus in de berg Ida. Na aankomst op Kaftor stuurde hij Leon terug naar Samos, want de rest van zijn tocht zou toch grotendeels over land gaan.

Na de korte avonturen met de teruggekeerde Pythagoras verliep Leons leven weer zoals voordien. Af en toe sprak hij met Phileia over wat hij samen met de meester had beleefd. De tijd verstreek. Ongerust begon Leon zich af te vragen of hij de meester ooit zou weerzien.

Op een sombere winterdag, toen zware regens het eiland overspoelden, de Imbrasos zwol tot een bruisende stroom, kastanjes, platanen en naaldbomen bogen in de storm, keerde hij terug, ditmaal in de oorlogshaven, want het laatste stuk van zijn lange reis had hij als passagier op een Samaina gemaakt. Als een bosbrand verspreidde zich het bericht dat de geleerde Samiër nu ook was ingewijd in de mysteriën van Zeus, dat hij de Olympische Spelen had bijgewoond in Elis, dat hij het grote Apollo-heiligdom in Delphi had bezocht en vandaar over de Heilige Weg naar Thessalia was gereisd, om ingewijd te worden in de Tracische mysteriën. Overal op Samos praatte men nu over de bijzondere reis, in de tempelgebieden maar ook in de havenkroegen. Het volk was in al zijn verscheidenheid trots op zijn beroemde zoon.

Ook in het paleis op de akropolis was Pythagoras het gesprek van de dag. Aiakes begreep heel goed dat Pythagoras groot respect genoot. Men sprak meer en meer over hem als over een heilige. De gebruikelijke argwaan die de tiran koesterde tegenover de aristocratenzoon werd er niet minder om. Een intelligente tegenstander is immers altijd gevaarlijker dan een onintelligente. Tegen het wetenschappelijk niveau van een man als Pythagoras kon niemand op. Het werd zaak zó te manoeuvreren, dat de kunde en kennis van Pythagoras kon worden aangewend in het belang van de eilandregering. Pythagoras had op zijn rondreis door Hellas niet alleen de goede zijde van zijn vaderland leren kennen, de rijkdom en de schoonheid, hij had ook het verval gezien, ontstaan door te grote luxe. Hij was een priester van de wetenschap in de beste betekenis van het woord. Aiakes een vazal van de Perzische koning Dareios. Waar Polykrates altijd de zelfstandigheid van Samos had weten te behouden, was de neef die nu aan de macht was niet meer dan een hielenlikker van de Perzen. Maar van één ding was hij overtuigd: in zijn eigen belang moest hij gebruik maken van de gaven van een man als Pythagoras.

Pythagoras was geen politicus. Toen Aiakes hem opdroeg een school op te richten om zijn landgenoten op te leiden in al die takken van wetenschap waarin hij zelf uitblonk, nam de meester met enthousiasme de opdracht aan. Niet voor niets had hij een leven lang kennis vergaard. 'Kennis,' had hij eens tijdens een van zijn reizen tegen Leon gezegd, 'kennis is het enige dat je met iemand kunt delen zonder dat je er zelf iets bij inschiet.'

Was dit geen prachtige kans, iets voor zijn land te bereiken door zijn landgenoten te laten profiteren van zijn kennis?

In zijn strandwoning in Kalamoi volgde Leon alles wat Pythagoras ondernam. Zonen van aristocraten waren de eersten die zich als toehoorder meldden voor de toespraken van Pythagoras in het amfitheater, als inleiding voor zijn toekomstige school. Daarna kwamen aarzelend wat boerenzonen en jongeren uit vissersfamilies.

'Was ik maar twintig jaar jonger,' verzuchtte Leon tegen Phileia. Maar zelf liet hij er onmiddellijk op volgen: '...en wist ik maar meer. Ik kan de toespraken van de meester niet volgen.'

'Wees tevreden met wat je hebt,' zei ze. 'Je bent zelfstandig, we hebben het goed, wat wil je nog meer?'

Natuurlijk had ze gelijk. Vooral uit haar mond klonk het overtuigend. Had zij niet na een jeugd in luxe en rijkdom, tevredenheid gevonden in haar bestaan met hem, Leon de visser uit Kalamoi? Toch stak het hem, dat hij niet begaafd genoeg was om leerling te worden van de man die hij zo zeer bewonderde.

In de ontvangzaal van het paleis op de akropolis vergaderden Aiakes en zijn handlangers. Het was het heetste gedeelte van de dag en het aantal punten dat besproken moest worden was eindeloos. Vele aanwezigen hoorden amper wat er gezegd werd. Ze knikten mechanisch als er om een mening werd gevraagd, zonder te weten waarover het ging. Er werd verstolen gegaapt. Aiakes maakte handig gebruik van de situatie door snel een paar besluiten bekend te maken waarop hij geen algemene instemming verwachtte. Zijn wil was weliswaar wet, maar hij ging ervan uit, dat het gemakkelijker werken was als al zijn medewerkers hem zonder te morren volgden. Het moment was gekomen voor het laatste punt van zijn agenda: de scholing van de Samische jeugd.

'Er is een goed begin gemaakt,' zei Aiakes. 'Pythagoras houdt regelmatig toespraken in het amfitheater en het aantal aanmeldingen van toekomstige leerlingen neemt toe. Ik verwacht dat wij binnenkort over een groot aantal deskundigen op allerlei gebied kunnen beschikken, die de eilandregering kunnen ondersteunen.'

Hoewel er weer van alle kanten instemmend werd gemompeld, ontstond er in de achterste rij enige onrust. Een al wat oudere man stond op en alle aandacht was op slag op hem gevestigd.

'Ik protesteer tegen het feit dat Pythagoras op die manier te veel invloed krijgt op de regering,' zei hij.

Aiakes' ogen schoten vuur. Met moeite beheerste hij een opkomende woede-aanval. 'Deze man heeft alle takken van wetenschap beoefend, Lykourgos, hij is een vat van kennis en kunde. Als wij daarvan niet zouden profiteren, zijn wij verkeerd bezig. Kennis is macht. Door Pythagoras een school te laten leiden hebben wij die macht zelf in de hand.'

Lykourgos gaf zich niet gewonnen. 'De familie van Mnesarchos hoort tot de belangrijkste aristocraten van het eiland. Als wij Pythagoras het onderwijs in handen geven, zorgen we er zélf voor dat hij een groot aantal volgelingen krijgt. Op die manier kweek je een kern van wetenschappelijk geschoolde aristocraten. Dat is een levensgroot gevaar!'

De toehoorders waren wakker geschud. Er gingen nu meer stemmen op die de spreker steunden.

'Jullie zijn kortzichtig,' gromde Aiakes. 'Veertig jaar geleden heeft mijn oom Polykrates de jonge Pythagoras naar de Twee Landen laten vertrekken om daar zijn kennis te vergroten. Hij heeft hem zelfs een aanbeveling meegegeven voor farao Amasis. En je kunt moeilijk beweren dat Polykrates een aristocratenvriend was. Integendeel. Hij kende het gevaar van die kant als geen ander. Maar Polykrates begreep heel goed dat het voor het eiland van groot belang is een man van Pythagoras' formaat te bezitten, mits je hem op de juiste manier gebruikt.'

De anders zo volgzame medewerkers waren verdeeld. De ene helft was het met de tiran eens, de andere vreesde gevaar. 'We zetten een proces in werking, dat niet meer te stoppen valt. Je zult het zien. Pythagoras vormt in de kortste tijd een intellectueel blok van aristocraten. Ik ben er tégen dat hij zoveel macht krijgt.'

Aiakes was niet gewend tegenspraak te krijgen in eigen gelederen. Het irriteerde hem meer dan hij wilde laten blijken. Met zijn vuist sloeg hij op de tafel om een eind te maken aan het geroezemoes van stemmen. 'Pythagoras is een geleerde,' riep hij met stemverheffing, 'hij is zeer beslist geen politicus. Bovendien is er een probaat middel om te voorkomen dat zijn school een broeinest van aristocraten wordt.'

'Hoe wil je dat tegenhouden?'

'Simpelweg door onze eigen zonen als leerling aan te melden. Waarom zouden ónze zonen niet een opleiding in een tak van wetenschap kunnen volgen? Moet iedere visserszoon visser blijven? Moet iedere boerenzoon landarbeider blijven? Te lang hebben we ons verre gehouden van de wetenschap. Wat de aristocratenzoontjes kunnen, kunnen de onze ook. Dit is mijn bevel: ieder van ons die een zoon heeft in de juiste leeftijd, meldt hem aan voor de school van Pythagoras en zorgt ervoor dat hij daar een opleiding volgt. Verder wil ik er geen woord meer over horen.'

De vergadering wist dat het gevaarlijk werd de tiran nog langer tegen te spreken. Er werd aarzelend geknikt.

'En hiermee verklaar ik de vergadering gesloten.'

Het nieuwe bevel van de tiran veroorzaakte opschudding in alle huizen op het eiland. En, zoals te verwachten was, iedereen keek er op zijn eigen wijze tegenaan. Eerzuchtige familiehoofden zagen in dat er voor hun zonen, mits ze de opleiding zouden volhouden, belangrijke functies te bereiken waren. Anderen, vooral de boeren en vissers, zagen zich beroofd van de arbeidskracht van hun opvolgers. Ze waren eraan gewend dat hun twaalfjarige zonen hen al een behoorlijke hoeveelheid werk uit handen namen. Hoe moesten ze zich redden als die zonen nu een school gingen volgen? Er zou geen tijd over blijven voor het werk waarvan het gezin moest leven. Ambachtslieden, zoals kunstenaars, beeldhouwers, edelsmeden en bouwmeesters, vroegen zich bezorgd af of hun zonen die talent voor het vak van hun vader toonden, nu voor het ambacht verloren zouden gaan. Eigenlijk wist ook niemand hoe hij zich zo'n school moest voorstellen en wat het resultaat zou zijn van een wetenschappelijke opleiding.

'Straks zit heel Samos vol geleerden en hebben we geen bouwers meer, geen vissers en geen boeren. Kun je geleerdheid eten? Is ons eigen vak zoveel minder dan dat van een geleerde?'

De jeugd zelf, en wel speciaal de jongens boven de twaalf jaar, was vooral nieuwsgierig. Het was natuurlijk een bijzonder aantrekkelijke gedachte, binnen een aantal jaren een belangrijk man te zijn. Maar de doordenkers begrepen heel goed dat voor alles een prijs betaald moest worden. En de prijs zou op zijn minst zijn, dat ze lessen moesten volgen, niet één keer, maar dag in dag uit, vele jaren lang. Was dat nu echt te verkiezen boven hun tegenwoordige bestaan? Zouden ze in de school van Pythagoras nog vrije tijd hebben om de dingen te kunnen doen waar ze plezier aan beleefden? Was er nog gelegenheid voor sport en wedstrijden?

Al die overwegingen konden het besluit van de tiran niet veranderen. Wie qua leeftijd daarvoor in aanmerking kwam, moest – of hij zin had of niet – naar het amfitheater om Pythagoras' toespraak tot de jeugd van Samos aan te horen.

Pythagoras wist niet hoe hij het had toen hij het grote aantal toehoorders voor zich zag. Hij wist dat het merendeel niet in staat zou zijn, zijn lessen te volgen, maar nam aan dat dit probleem zich vanzelf zou oplossen. Niemand had hem verteld dat zijn toehoorders onder dwang gekomen waren.

Het geroezemoes van honderden stemmen verstomde onmiddellijk zodra de meester het amfitheater betrad. Er ging iets uit van de lange, in smetteloos wit geklede man, wat ontzag inboezemde, zodat niemand om stilte voor de spreker behoefde te manen. Het was of de witte verschijning als een magneet alle aandacht tot zich trok.

'Kort geleden,' begon hij zijn betoog, 'bezocht ik in Elis de Olympische Spelen.' Zelfs de enkeling onder de jonge toehoorders, die niet van plan was geweest te luisteren, was op slag een en al aandacht. De Olympische Spelen, dát was toch wel het belangrijkste evenement in heel Hellas, het hoogste ideaal van alle jongeren dáár eens te staan als vertegenwoordiger van je stad, dáár eens een lauwerkrans te behalen en als held terug te keren, gevierd en bewonderd door iedereen. De man die daar stond te praten was er gewéést, in het verre Elis. Hij had met eigen ogen de prestaties gezien van de beste atleten van alle Helleense stammen, dat was zonder meer al voldoende om de volle aandacht te krijgen.

Een tijd lang vertelde Pythagoras van het grootse evenement dat eens in de vier jaren gehouden werd ter ere van Zeus, van de wedstrijden die hij had meegemaakt, van de overwinnaars die hij had ontmoet. Hij was zich bewust van het feit dat hij de onverdeelde aandacht had en boog zijn woorden langzaam in de richting die hij wenste.

'Kracht, schoonheid, gezondheid, manlijkheid, het zijn gaven die met niemand gedeeld kunnen worden. Wanneer je die gaven in aanleg hebt, moet je nog lang en moeizaam oefenen om ermee het hoogste te bereiken wat een mens bereiken kan. Maar daarna komt er een tijd dat de gaven aan waarde teruglopen. De mens wordt oud, hij is op hoge leeftijd niet meer in staat de lange tijd door zware training op peil gehouden prestaties te blijven leveren. Lichamelijke ontwikkeling is niet blijvend, in tegenstelling tot geestelijke ontwikkeling. Geestelijke ontwikkeling verheft de mens boven het dier, de Helleen boven de vreemdeling, de vrijgeborene boven de slaaf, de denkende mens boven de massa.'

Na een effectvolle pauze in zijn betoog om goed te laten doordringen wat hij nu ging zeggen, vervolgde de meester: 'Alleen kennis is iets dat met anderen kan worden gedeeld, zónder dat de gever er iets bij inboet, én: kennis is niet aan leeftijd gebonden. Kennis is blijvend.'

En om nóg duidelijker te laten uitkomen wat hij bedoelde, haalde hij een voorbeeld aan dat allen aansprak.

'In het uiterste westen van Groot Hellas ligt de Ionische kolonie Kroton. Kroton heeft nog maar kort geleden liefst zeven Olympische winnaars in het hardlopen gehad, terwijl er in heel Hellas nauwelijks zeven wijzen te vinden zijn.'

Met een korte opwekking altijd en overal eerbied te hebben voor ouders en ouderen, vrienden steeds zó te behandelen dat zij niet als vrienden verloren gaan en vijanden tot vrienden te maken, eindigde hij zijn toespraak door erop te wijzen, dat niets in het leven bereikt kan worden zonder dat daarvoor offers gebracht moeten worden.

Dagenlang was de rede van Pythagoras in het amfitheater onderwerp van gesprek, in alle huizen, in alle kroegen. Grote aantallen jongens meldden zich aan als toekomstig leerling, hoewel lang niet allemaal uit overtuiging. De meesten hadden heel goed in de gaten dat ze hard zouden moeten werken en dat je niet zómaar een belangrijk man wordt. Maar het was nu eenmaal een bevel van hogerhand, je had je maar te schikken.

Hoewel de meerderheid der toehoorders merkbaar onder de indruk van Pythagoras' redevoering was, werd er toch ook kritiek gehoord. Eerst nog maar aarzelend, snel luider wordend.

Ook in de eilandregering was niet iedereen enthousiast. De man die het eerst zijn twijfel had geuit, was nu ook het duidelijkst in zijn kritiek.

'Pythagoras is een volksmenner,' was zijn korte en duidelijke oordeel. 'Je kunt nu al zien hoe hij te werk gaat. Al die verhalen over de Olympische Spelen waren alleen maar bedoeld om de aandacht van de jeugd te trekken. Hebben jullie niet gemerkt hoe handig hij overschakelde: zeven Olympische winnaars voor Kroton maar nog geen zeven wijze mannen in heel Hellas. Als je er goed over nadenkt is dat voor ons allen een belediging. Wij zijn de medewerkers van de tiran. Maar ons ziet hij kennelijk niet voor vol aan. Het bevalt me niks, dat Aiakes hem naar voren schuift. Let op mijn woorden: daar krijgt hij nog spijt van.'

Het zag ernaar uit dat een aantal kameraden bijval wilde betuigen, maar de binnenkomst van Aiakes snoerde iedereen de mond. Aiakes scheen zeer tevreden over de gang van zaken.

'Er zijn veel aanmeldingen voor de nieuwe school,' riep hij met stemverheffing. 'Ik heb grote verwachtingen van de resultaten.'

Algauw bleek dat de werkwijze van Pythagoras niet overeenkwam met wat Aiakes zich daarvan had voorgesteld. De meester was helemaal niet van plan een paar honderd volstrekt ongeschoolde jongeren de eerste beginselen van de wetenschap bij te brengen. Hij maakte de tiran duidelijk, dat hij uit het grote aantal aanmeldingen de tien meest begaafde leerlingen zou selecteren, die hij zou opleiden om binnen afzienbare tijd de scholing van de massa op zich te nemen.

Onmiddellijk ontstond de animositeit! Iedereen begreep dat Pythagoras de kandidaat-leerlingen zou onderwerpen aan een strenge test. Wie zou hiervoor slagen? Wie zou worden afgewezen? Nog vóór de meester zijn keuze had bepaald, ontstonden in de belangrijkste families op Samos kleine wrijvingen, voortkomend uit de angst dat de eigen zoon zou worden afgewezen, en die van de buurman aangenomen. Aiakes probeerde Pythagoras van die selectie te weerhouden, maar de meester maakte hem duidelijk dat zijn tijd te kostbaar was om die in dienst te stellen van beginnelingen.

Wie gedacht had dat de keuze zou vallen op de zoons van de belangrijkste mannen van het eiland, kwam bedrogen uit. Van de tien uitverkoren jongens waren er zes zoons van eenvoudige boeren en vissers, twee hadden een bouwmeester en beeldhouwer tot vader en twee kwamen uit de gezinnen van de medewerkers van de tiran. De jongeren die níet in eerste instantie waren uitgekozen, kregen algauw in de gaten dat leerling van Pythagoras zijn, betekende dat je bereid moest zijn je van de vroege ochtend tot de late avond in te spannen. Bovendien was discipline een eerste vereiste en wie daaraan niet voldeed viel onmiddellijk af.

Nieuwsgierig volgden de afgewezen jongeren wat er met de anderen gebeurde. Ze waren het er allemaal over eens dat ze van geluk mochten spreken dat niet zíj waren uitverkoren. Samos was vele jaren een rijk eiland geweest. Al liep de welvaart sinds de dood van Polykrates en de komst der Perzen zichtbaar terug, de jeugd was verwend. De meesten waren lui. Zich inspannen voor een korte tijd om tot een snel resultaat te komen, wilden ze nog wel. Maar wat Pythagoras van zijn leerlingen eiste was wel iets anders. Binnen een maan waren van zijn tien uitverkoren bijzonder begaafde jongeren er nog maar acht over, binnen drie manen nog maar vier.

Leon volgde op de voet wat er rond Pythagoras gebeurde.

'Het is gewoon ergerlijk,' zei hij tegen Phileia, 'dat de jongens die begaafd genoeg zijn om de opleiding te volgen, er domweg te lui voor zijn. De jongeren van Samos zijn vadsig geworden, niet alleen de rijken, ook de gewone boeren en vissers. Ik begrijp dat niet. Ze zijn in de grond verwend. Niemand doet meer ergens moeite voor.'

Phileia haalde haar schouders op. 'Dat weet je toch, ze hebben het gewoon te gemakkelijk gehad. 't Is voor iedereen goed ook eens een slechte tijd mee te maken, een tijd waarin het niet vanzelfsprekend is dat je eten op tafel staat.'

Soms kon Leon zich maar moeilijk voorstellen dat hij getrouwd was met iemand die haar jeugd in luxe en rijkdom had doorgebracht. Hij bewonderde haar er des te meer om.

'Pythagoras houdt een rede voor de vrouwen van Samos in het kleine theater bij de tunnel,' zei ze nog. 'Morgenavond. Ik ga er samen met Parthenia heen. Ik wil hem ook wel eens horen spreken.'

Het verslag dat Phileia uitbracht van die gedenkwaardige avond, deed Leon de vermoeienis van twee dagen op zee compleet vergeten. Vooral door Phileia's commentaar werd hij er voor de zoveelste keer weer eens aan herinnerd dat zij wijzer was dan hij, dat zij hem in ontwikkeling verre de baas was, hoewel ze dat nooit bewust zou laten merken.

'Hij weet precies hoe hij zijn gehoor moet boeien,' zei ze. 'Alle vrouwen die hem gehoord hebben, zijn onder de indruk.'

'Zei hij dan andere dingen tegen de vrouwen van Samos dan tegen de jongeren?'

'Natuurlijk! Om te beginnen sprak hij over de verschillende benamingen die vrouwen en godinnen gemeen hebben. Of eigenlijk de bijnamen. Zo heet de jonge ongetrouwde vrouw Kora, de getrouwde Nymphe, de vrouwen met kinderen Moeder en de vrouwen met kleinkinderen Maya. Het duidt volgens Pythagoras op de verbinding van de vrouw met de godin. Het is immers ook een vrouw, die in Delphi het Orakel spreekt. En daarna begon hij er meteen over dat vrouwen produkten van eigen hand als offergave naar de tempels moeten brengen: brood bijvoorbeeld, of honingkoeken, ook wel honingraten en wierook, want de goden eert men niet met moord en met doodslag op offerdieren. En het is ook beter steeds kleine hoeveelheden te offeren en niet in één keer een heleboel tegelijk. Want dat wekt de indruk dat je niet regelmatig naar de tempel gaat en er in één keer vanaf wilt zijn.'

'Ja,' mengde Parthenia zich in het gesprek, 'en toen begon hij over eenvoud en spaarzaamheid. Vooral in de kleding. Dat vond lang niet iedereen even leuk.'

'Hij heeft ook uitvoerig over huwelijkstrouw gesproken en het belang van een goed gezinsleven. Hij vertelde als voorbeeld van huwelijkstrouw dat Odysseus de onsterfelijkheid uit handen van Calypso weigerde om Penelope trouw te kunnen blijven.'

Vooral Phileia bleek een heel goed toehoorster geweest te zijn die ook het niet direct uitgesprokene begrepen had. 'Je kon merken dat alle vrouwen in de ban van Pythagoras raakten, ze reageerden eigenlijk niet eens toen hij tekeerging tegen pronkzucht, vooral in kleren en sieraden. Hij deed het ook zo dat niemand kwaad werd.'

'Hij kwam steeds weer terug op die offergaven, vooral geen offers brengen in de vorm van dode dieren, zei hij. Hij is er ook tegen dat de mens dieren opeet.'

In zijn herinnering hoorde Leon de oude vrouw Arigone vertellen hoe de jonge Pythagoras, toen hij haar gast was, al geen vlees wilde eten. Dat scheen dus een belangrijk onderdeel van zijn levenswijze te zijn. Had hij niet ook eens de hele dagvangst van een visser opgekocht en weer in zee gegooid? Het was allemaal erg verwarrend, want noch Leon, noch Phileia en haar dochter konden zich voorstellen hoe een mens kan leven zonder ooit vlees of vis te eten.

'Ik vind dat maar gek,' vond Parthenia. 'Waarvoor zou dat goed zijn?'

Daarop kon Leon zich het antwoord herinneren. 'Omdat de meester van mening is dat een mens na zijn dood in de gestalte van een ander mens of ook wel in de gestalte van een dier herboren wordt. Als je dus een dier opeet, weet je nooit of je een menselijke geest opeet.'

Zelfs Leon kon in dat opzicht de man die hij zo bewonderde niet volgen.

'Dáár krijgt hij moeilijkheden mee,' was zijn mening. 'In het begin luistert iedereen uit nieuwsgierigheid naar wat de meester te zeggen heeft, maar let op mijn woorden: het zal niet lang duren of er komt verzet. En ik kan me ook niet voorstellen dat de tiran het eens is met alles wat Pythagoras zegt. Dat kán eenvoudig niet. Je zult het zien, daar komt grote ellende van.'

De ellende kwam sneller dan hij of wie dan ook op Samos had verwacht.

De Samische school

Simias was de eerste die in de havenkroegen merkte dat de Samiërs zich tegen Pythagoras' ideeën begonnen te verzetten. Hij hoorde het aan losse opmerkingen van de jongeren, aan de lacherig bekritiseerde leefregels van de meester.

'Stel je voor, we moesten ons iedere dag helemaal wassen en schone kleren aandoen. Bij voorkeur ook nog linnen kleren, géén wol. Zuiverheid noemt ie dat. Dat vindt hij verschrikkelijk belangrijk.'

'En? Was je je nou elke dag? En waar zijn je linnen kleren? Zo te zien heb je al een eeuwigheid diezelfde vodden aan...'

'Ja zeg, ik ben daar gek. Ik ben geen meid!'

'Ben je soms daarom weggelopen, of heeft hij je eruit gestuurd omdat je te stom was?'

'Verrek, ik had gewoon geen zin meer. Ik wil best wat leren, maar het moet niet te lang duren. En als ik het allemaal goed begrepen heb, ben je als leerling van Pythagoras geen moment meer meester van je eigen tijd!'

'Hoeveel van de tien uitverkorenen zijn er nog over?'

'Vier! En het zou me niks verbazen als die er ook binnenkort de brui aan gaven.'

'Ik ben benieuwd wat de tiran daarvan vindt.'

Simias nam niet aan het gesprek deel. Hij was net teruggekomen van een tocht met Leon naar Alysia. Ze hadden een lading brons en terracotta's naar Samos gebracht en hij was moe. Dommelend achter een beker wijn probeerde hij te berekenen wat de reis Leon en hemzelf had opgeleverd. Het brons was bestemd voor een beeldhouwer die aan een groot Kourosbeeld werkte. De terracotta's waren besteld door rijke lieden, als offergaven voor de tempels. Simias was ervan overtuigd dat de tocht veel lonender zou blijken te zijn dan hun normale vrachten amandelen uit Alysia. Plotseling werd hij opgeschrikt uit zijn gepieker.

'Hippias is woedend. Zijn zoontje, over wie hij altijd zo opschept, was de eerste die door Pythagoras naar huis werd gestuurd omdat 'ie te lui was. Hippias is niet van plan het erbij te laten zitten.'

'Dan kan hij zich aansluiten bij Lykourgos. Je weet, Lykourgos is de rechterhand van de tiran. Hij heeft veel invloed op Aiakes en het lijkt me niet verstandig van Pythagoras om die man te dwarsbomen.'

'Was hij maar weggebleven, die Pythagoras. We kunnen om hem nog een hoop herrie krijgen.'

'Je schijnt te vergeten dat Aiakes hem zelf de opdracht heeft gegeven die school op te richten.'

'Ik heb me anders laten vertellen dat Aiakes daar allang spijt van heeft. Hij dacht dat Pythagoras een mooi werktuig was om zijn macht uit te breiden. Hij had er natuurlijk niet op gerekend dat die man zich niet laat gebruiken voor dingen waarin hij geen zin heeft. En als Aiakes kwaad wordt, dan kon dat wel eens gevaarlijk voor onze geleerde priester worden!'

Simias stond op. Hij betaalde zijn vertering. Over het kiezelstrand liep hij langzaam terug naar Kalamoi. Zijn hoofd gonsde van vermoeidheid en ook van de alcohol. Hij verlangde naar zijn bed. Maar ergens in zijn achterhoofd bleven de stemmen uit de volle kroeg steeds herhalen: als Aiakes kwaad wordt, kon dat wel eens gevaarlijk worden.

Hij zou geen aandacht aan de kroegverhalen hebben besteed als Leon niet zo'n respect had voor Pythagoras. Morgen, als hij uitgeslapen was, morgen zou hij Leon vertellen wat hij gehoord had.

Er stond een straffe, hete wind toen Leon tegen het vallen van de avond zijn huis verliet en op weg ging naar het huis van Mnesarchos op de helling van de Ampelos. Hij was bezorgd. Simias had hem verslag uitgebracht en Leon wist maar al te goed hoe snel een verzetsactie op gang kon komen.

'Ik ga Pythagoras waarschuwen,' had hij tegen Phileia gezegd, 'voor je 't weet loopt de zaak uit de hand.'

Ze had niet geprobeerd hem tegen te houden. Ze wist dat hij gelijk had. De weg naar Mnesarchos' huis was lang. De storm raasde door de olijfbomen en rukte aan Leons kleren. Maar de wind bracht geen verkoeling, integendeel. Er waren weinig mensen buiten. Wie het zich maar enigszins veroorloven kon, zocht beschutting in zijn koele huis.

Op Mnesarchos' erf was ook niemand te bekennen. Alleen een hond sloeg aan, luid en agressief. Daarop kwam Zamolxis naar buiten. Hij begroette Leon hartelijk. 'Kom binnen, je wilt zeker wel iets koels. Kwam je voor de meester? Die is er niet.'

Leon was niet van plan onverrichterzake terug te keren. Daarvoor was de tocht te vermoeiend geweest. 'Waar kan ik de meester bereiken? Ik moet hem onmiddellijk spreken.'

'Hij heeft zich teruggetrokken in de grot op de Kerkis. Daar gaat hij wel vaker heen als hij helemaal alleen wil zijn.'

'Is Aristeios bij hem? Hij is toch niet helemáál alleen?'

'Jawel. Als hij een bijzonder probleem heeft wil hij niemand om zich heen. Hij werkt een wiskundig idee uit. Daarbij kan hij geen gezelschap verdragen. Bovendien...' Zamolxis' stem werd een gefluister, 'na alle teleurstellingen die hij met zijn leerlingen heeft gehad, kan ik me best voorstellen dat hij af en toe eens niemand wil zien.'

Leon behoefde niet eens aan te dringen, het verhaal kwam vanzelf.

Zamolxis vertelde dat van de vier overgebleven leerlingen er nog maar één over was en dat ook die er elk ogenblik vandoor kon gaan.

'De meester wil hem beslist niet ook nog verliezen, want hij is de meest begaafde van alle jongelui die hij op Samos heeft ontmoet. Ken je hem misschien? Zijn naam is gek genoeg óók Pythagoras, hij is de zoon van Eratikles.'

'Ik heb hem wel eens ontmoet.'

'Hij schijnt vooral een wiskundig genie te zijn, maar hij is zo lui als het achtereind van een varken. Als hij niet zo begaafd was, had de meester hem allang naar huis gestuurd. Nu probeert hij hem te behouden en hem door een beloning voor iedere studieprestatie aan te zetten tot meer ijver.'

'Een beloning?' Het klonk Leon ongeloofwaardig in de oren.

'Ja.' Zamolxis keek even naar de deur en fluisterde: 'Een stater voor elke prestatie. 't Is toch te gek!'

'Wie graag zou willen, heeft de mogelijkheden niet,' zei Leon bitter, 'en wie de mogelijkheden wel heeft, moet nog gekocht worden. Ik vind dat walgelijk.'

'Laat nooit weten dat ik het je verteld heb,' fluisterde Zamolxis schichtig.

'De meester zal wel weten wat hij doet. Maar al met al blijft het een trieste zaak. Na zoveel jaren komt hij terug naar zijn eigen eiland. Zóveel wijsheid heeft hij vergaard. En Samos, dat daarvan zou kunnen profiteren, laat alle kansen liggen. Vind je het gek dat hij zich af en toe terugtrekt?'

Leon was niet gekomen voor een sociaal praatje. Hij voelde een dreiging en hij wilde Pythagoras daarvoor waarschuwen. Als hij er dan niet zelf was, moest hij wat hij te zeggen had maar aan de vader kwijt.

'Kan ik Mnesarchos spreken?'

'Ik zal het hem vragen. Maar denk er wel aan dat Mnesarchos oud is. Hij gaat de laatste tijd erg achteruit. Je mag hem niet vermoeien.'

Zamolxis had niet overdreven. Leon schrok toen hij Mnesarchos terugzag. De bouwmeester was altijd een statige, lange verschijning geweest met een koninklijke houding. Nu ontmoette Leon een door de jaren getekende breekbare oude man. Maar de geest was nog als vroeger.

Mnesarchos hoorde Leon aan en knikte. 'Ik begrijp dat mijn zoon in een moeilijke positie verkeert. Ik zal hem je boodschap overbrengen. Maar ik denk niet dat het iets aan zijn houding veranderen zal, of aan zijn plannen.' En ook Mnesarchos vertelde dat de school op niets was uitgelopen. 'Mijn zoon heeft de meeste leerlingen moeten wegsturen omdat ze te lui waren. Enkelen zijn uit zichzelf vertrokken. Hij heeft nu alleen nog zijn hoop gevestigd op zijn naamgenoot; hij zegt dat de ontdekking van één genie opweegt tegen al die mislukkingen. Maar ik dank je voor je komst, Leon. Ik zal je boodschap overbrengen.'

De wind was iets gaan liggen toen Leon de thuisweg aanvaardde. De nacht was donker, want zodra de wind afnam was er een wolkendek komen opzetten. Onderweg naar de kust besefte Leon ineens dat de oude Mnesarchos niets gezegd had van de beloningen die de enig overgebleven leerling voor zijn prestaties kreeg. Vond hij dat gênant? Of wist hij het soms zelf niet? Toen Leon Kalamoi bereikt had, brak even de maan door de wolken. Even maar. Hij zag zijn schip als een donker silhouet afsteken tegen de lucht. Het wolkendek trok weer dicht. Somber gestemd keerde Leon naar Phileia terug. Hij had het gevoel dat er iets ellendigs ging gebeuren en dat hij er niets aan kon veranderen.

Niet alleen onder de jongeren werd druk over Pythagoras geroddeld. Ook in het eilandbestuur was de geleerde het gesprek van de dag. Steeds meer kritische stemmen werden gehoord, steeds meer mensen hadden iets aan te merken op de levenswijze, op de leer, op de redevoeringen van de man die zij in hun hart allemaal als hun meerdere beschouwden. Sommigen vonden dat hij te veel invloed kreeg doordat hij geregeld geraadpleegd werd in bestuurlijke zaken, anderen dat iemand die over zóveel kennis en kunde beschikte, juist méér betrokken moest worden bij de eilandregering.

Ze probeerden Pythagoras te betrekken in ruzies en onenigheid. Het bleek al snel dat hij zich daartoe niet leende. Waar mogelijk gaf hij raad in zich daartoe lenende zaken, maar hij weigerde consequent betrokken te raken bij politiek gesjoemel. En ook dáárdoor kreeg hij vijanden.

Degene die het meest en felst tegen Pythagoras gekant was en niet naliet zijn mening overal te pas en te onpas kenbaar te maken, was Lykourgos, de rechterhand van Aiakes.

'Ik heb hem nooit vertrouwd,' zei hij voor de zoveelste maal tegen de mannen in de grote zaal op de akropolis. 'Hij is een typische aristocraat. En dan een van de oude stempel. Hij komt er rond voor uit. Een paar dagen geleden heb ik een redevoering van hem bijgewoond in het theater. Hij had het er voortdurend over, dat van alles de eenheid het eerste principe is: eenheid van kennis en religie, voor zover ik het begrepen heb. Daar bleef hij maar over doorzeuren. Ik viel er compleet van in slaap, maar op een gegeven moment zei hij iets dermate gevaarlijks, dat ik op slag wakker werd. Hij bestond het in het openbaar uit te spreken dat naar zijn mening de opinie van de elite superieur is aan die van de massa! Nou, wat hebben jullie daarop te zeggen?'

Een gegons van stemmen verzekerde hem ervan, dat hij met deze opmerking de volle aandacht genoot.

'Dat kán Aiakes niet accepteren,' riep iemand.

'Aiakes is ver weg. Voorlopig is hij aan het Perzische hof. Niemand weet wanneer hij terugkomt.'

Het zag ernaar uit dat Lykourgos iets wilde zeggen, maar op het laatste ogenblik hield hij zich in. Met een gebaar beduidde hij dat de vergadering ten einde was en iedereen kon gaan. Een gedachte nam vorm aan in zijn hoofd, maar het was een gedachte die voorzichtig moest worden uitgewerkt, die hij niet meteen in de volle vergadering kon spuien.

In de grot hoog in de Kerkis had Pythagoras een resultaat bereikt. In de eenzaamheid die hij voor zijn concentratie nodig had, was hij gekomen tot een stelling die de grondslag moest vormen voor de driehoeksmeting. Met een uiterst tevreden gevoel besloot hij de volgende ochtend terug te keren naar zijn huis op de Ampeloshelling en naar de laatste leerling die hij had overgehouden. Soms twijfelde hij eraan of hij er wel goed aan deed, deze luie naamgenoot steeds weer te belonen voor een behaalde prestatie. Enkele malen was hij van mening dat hij tijd verprutste die hij beter aan de wetenschap kon wijden. Maar even zo vele malen kwam hij daarop weer terug. De opleiding van de jeugd van Samos was compleet mislukt. Ze waren te lui geworden, te gemakzuchtig. Het was bitter dat te moeten toegeven. Maar ontkennen had geen zin. 'Als ik erin slaag één begaafde leerling op te leiden, zal ik niet het hele experiment als mislukt beschouwen,' had hij tegen zijn oude vader gezegd. 'Ik ben ervan overtuigd dat déze leerling de moeite waard is.'

Zou de jonge Pythagoras de hem opgelegde taak hebben volbracht in de tijd dat de meester in de grot op de Kerkis was?

Vanuit de hooggelegen grotingang keek Pythagoras uit over de steile berghelling. De zon was in het westen in zee verdwenen. Duidelijk zichtbaar lagen de eilanden Fourni en Nikaria als zwarte vlekken in de zilveren zee. Een gevoel van grote rust en tevredenheid kwam over de geleerde. De schoonheid van zijn eiland, de grootsheid van de Kerkis, het uitzicht over de in de diepte liggende kust, dat alles ontroerde hem. Hij was er zich van bewust dat hij hield van dit eiland, dat hij blij was er na al die jaren terug te zijn. De teleurstellingen die hij sedert zijn aankomst had moeten verwerken, konden zijn vertrouwen in de toekomst nog niet vernietigen.

Misschien, misschien werd het wat met die éne leerling! Pythagoras keerde terug naar zijn slaapplek achter in de grot. Zodra het eerste ochtendlicht in de grot doordrong, maakte hij zich gereed voor de lange tocht naar huis.

Het eerste deel was moeilijk en gevaarlijk. De hoog en eenzaam gelegen grot was slechts bereikbaar over smalle, zeer steile geitepaden, die vaak langs diepe afgronden liepen. Rollende steentjes vormden het grootste gevaar voor uitglijden.

Vroeg op de dag was de temperatuur aangenaam koel. Voorzichtig zocht Pythagoras zijn weg omlaag. Toen de zon heet begon te worden, had hij de uitgestrekte wouden van kastanjes, populieren, pijn- en walnootbomen bereikt. Hij wist dat hij ongeveer de helft van de weg kon hebben afgelegd vóór de grootste hitte van de dag. Bij het passeren van een beekje nam hij even rust om iets te drinken, maar veel tijd gunde hij zich niet. Af en toe passeerde hij een eenzaam huis, omringd door een olijfhof.

De wereld om hem heen zag er gaaf en vredig uit. Het gaf de meester nieuwe energie, nieuw enthousiasme om verder te werken aan de taak die hij zich gesteld had.

Toen de zon zijn hoogste punt had bereikt, kwam hij bij een riviertje, dat in noordelijke richting kabbelde. In de warme lucht geurden de bloeiende lygosstruiken met hun rode, roze of witte bloemtrossen. Tamarisken en oleanders wedijverden met de lygos in pracht. Bijen gonsden van bloem naar bloem. Het was een uitgelezen plek om onder het kruidig geurende bladerdak middagrust te houden.

Pythagoras liet een handvormig lygosblad door zijn vingers glijden. De oudste boom ter wereld, dacht hij. De heilige boom. Nergens bloeide de lygos zo mooi als op Samos, waar hij vaak uitgroeide tot een geweldige boom, zoals het prachtexemplaar in het Heraion, dat wel vier manslengten hoog was.

Hij dacht aan zijn leerstelling, dat harmonie gevormd wordt uit tegenstellingen, uit eenheid van tegendelen. Hij strekte zich uit in de schaduw van de struiken langs het beekje en besefte dat zijn tevreden stemming van het ogenblik de tegenstelling vormde tot de teleurstellingen die hij sinds zijn thuiskomst had moeten verwerken. Met die gedachte viel hij in slaap.

Het laatste stuk van de weg, onder de Ampelos door naar de oostelijke helling, was het zwaarst. De vermoeidheid sloeg toe, Pythagoras besefte met spijt dat hij de zestig naderde, dat hij niet meer de kracht had van een jonge man. Dat op zichzelf ergerde hem geweldig.

De avondschemering duurt nooit lang op Samos. Bovendien was er bewolking komen opzetten. Steeds weer trokken wolken voor de maan en de sterren. Onder de bomen van de berghelling was het al donker toen Pythagoras het huis van zijn ouders, dat nu ook zijn huis was, naderde. Spookachtig deinden de kruinen van de platanen boven zijn hoofd in de lichte bries vanuit zee. Er bewoog zich iets in de struiken toen hij onder het donkere bladerdak uitkomend, het pad bereikte dat naar de woning voerde. Even bleef hij staan om te zien welk dier er voor hem wegvluchtte. Op dat moment vloog er iets rakelings langs zijn hoofd dat met een klap in een boomstam terechtkwam. Verbaasd deed Pythagoras een stap in de richting van de boom om te zien wat er door de lucht gevlogen was. Een donker voorwerp stak uit de stam van een plataan. Hij stak er zijn hand naar uit en zag dat het het heft van een mes was. Het half uit de bast stekende lemmet glansde blauwig in het even door de wolken komende maanlicht.

In huis sloeg een hond aan, gevolgd door het geluid van een menselijke stem. De deur vloog open, een dansend lichtje kwam hem tegemoet en een bekende stem riep: 'Meester, bent u het?'

Achter hem hoorde Pythagoras het struikgewas ritselen en takken breken onder het gewicht van zich snel verwijderende voeten.

In een afgelegen vissershut aan het grindstrandje buiten de stadsmuren zaten drie mannen bijeen op een kist en een paar tonnen. Het stonk naar vis in de pikdonkere hut. Hoewel in de wijde omtrek verder geen huis of hut te bekennen viel, werd er fluisterend gesproken.

'Ik dacht dat je zo'n goeie messenwerper was!' De stem van Lykourgos schoot even uit in woede, die hij snel weer beheerste. Fluisterend ging hij verder. 'In de Kerkis had ik gezegd. Hoe haal je het in je hoofd het hier te doen, vlak bij de stad!'

'Ik kon er niet achter komen waar hij precies zat. Er zijn zoveel grotten in de Kerkis. Het is een volslagen onherbergzaam gebied. Er woont niemand. Ik kon nergens inlichtingen krijgen.'

'Juist daarom! In een ravijn van de Kerkis had niemand hem ooit kunnen vinden!'

'Je had gezegd: snel! Vóór Aiakes terugkomt. Ik dacht dat het niet wachten kon.'

'Ik dacht, ik dacht. Laat het denken over aan iemand met hersens. Nu zitten we met de ellende. Hij wéét nu dat er op hem geloerd wordt.' Battos, de derde man, die tot dusverre gezwegen had, liet zich horen. 'Hoe kón je hem missen op zo korte afstand? Die vent is altijd in het wit gekleed. Kan je je in een donker bos een beter doel wensen? Is het mes herkenbaar?'

'Nee, er staat geen eigendomsmerk op.'

'Je bent een rund! Laat het je gezegd zijn dat ik je laat vallen als ze je ooit te pakken krijgen. Je hoeft niet op mij te rekenen. En betalen doe ik pas als het karwei geklaard is.'

'De volgende keer is het raak!'

'Dat is je geraden. En donder nou op.'

De huurmoordenaar sloop weg in de nacht. Nog even zaten de beide anderen te wachten tot zij zijn voetstappen in het grint niet meer konden horen. Toen verlieten ook zij de hut.

Pythagoras hield een toespraak in het theater. Hoewel de mensen niet meer in zo groten getale kwamen opzetten als direct na zijn thuiskomst, was het theater toch goed bezet. De werkelijke belangstelling van het eerste uur was verworden tot nieuwsgierigheid. Daar zaten ze: de jeugd van Samos die niet was uitverkoren voor de school en alleen daarom al gekwetst was in zijn trots; de negen jongeren die wél waren toegelaten, maar hetzij door de meester naar huis gestuurd waren, hetzij zelf waren weggelopen; de steeds kleiner wordende groep eilandbewoners die Pythagoras nog bewonderde en vereerde; de medewerkers van de tiran, die grotendeels zijn tegenstanders waren geworden.

Op de berghelling bij de tunneluitgang was het aangenaam koel. De toehoorders, die om zoveel uiteenlopende redenen rond de open plek zaten vanwaar de meester zijn gehoor toesprak, hadden geen oog voor het prachtige uitzicht over de zilveren zee, van de oorlogshaven tot de handelshaven. Alle ogen waren gericht op die lange, statige figuur en allen verwonderden zich over het thema van zijn toespraak.

Pythagoras sprak over de dood. In de stille avond was zijn stem tot op de achterste rijen goed verstaanbaar. 'Vrees niet het leven te verliezen, want de dood is slechts een verandering van woning.'

Er ging een grote overtuigingskracht uit van de witte gestalte, een natuurlijk overwicht. Hij sprak in eenvoudige woorden, zich zeer goed bewust van het feit dat zijn toehoorders voor het overgrote deel eenvoudige lieden waren.

De jeugd, vastbesloten zich niet te laten imponeren, vond geen woorden om smalende kritiek te leveren. De eilandregering, alert op uitspraken die een gevaar konden vormen voor Aiakes en de Perzische koning, kreeg geen houvast op de verkondigde theorieën. Op weg naar huis overdachten ze het gehoorde, bespraken het met elkaar. Ze waren er zeker van dat hij dingen had gezegd waarmee ze het niet eens konden zijn, maar hij had het zó gedaan dat ze geen weerwoord konden vinden.

Lykourgos verliet samen met Battos het theater. Geruime tijd sprak geen van beiden. Tenslotte zei Lykourgos: 'Die vent is onkwetsbaar!'

'Hoe bedoel je?'

'De rust waarmee hij spreekt, de dingen die hij zegt, terwijl hij wéét, donders goed wéét, dat er iemand is die hem naar het leven staat.'

'Hij is niet bang.' Er klonk een zekere bewondering door in Battos' stem, wat Lykourgos buitengewoon ergerde.

Nu hij niet onder woorden kon brengen wát hem precies irriteerde in de zojuist gehoorde redevoering, haalde hij een oude uitspraak van de meester boven water: 'Wie uitdraagt dat de mening van de elite belangrijker is dan die van de massa, is een gevaar voor ons, voor de tiran, voor de Perzen.' Wat hij níet uitsprak was de griezelige gedachte dat Pythagoras wist wie hem naar het leven stond en dat hij in zijn toespraak had laten doorschemeren dat hij voor een aanslag geen duimbreed wijken zou, dat hij er niet in het minst bang voor was.

Een bijgelovige angst maakte zich van Lykourgos meester. Kon Pythagoras gedachten lezen? Maar hij hoedde zich ervoor die gedachte uit te spreken.

Leon en Simias hadden een scheepslading Samische aarde naar Milete gebracht. Zij wachtten er op een vracht graan om de terugreis lonend te maken. In het havenkwartier heerste een grotere drukte dan normaal. Burgers liepen af en aan tussen de havenwerkers en handelaars. Wat zochten zij aan de haven? Waarom voerden zij gesprekken met schippers van al die boten? Leon kwam erachter toen hij zelf werd aangesproken door een man die er allerminst als handelaar uitzag. Hij droeg een smetteloos lang gewaad en maakte een welvarende indruk.

'Bent u de schipper van deze boot?'

'Inderdaad.'

'Waarheen is de koers?'

'Zodra mijn lading is aangekomen, vertrek ik naar Samos.'

'Naar Samos,' herhaalde de man. Hij was kennelijk teleurgesteld. 'Ik ben op zoek naar een boot die me naar Groot Hellas brengt.'

Leon nodigde de man aan boord en liet hem de roeiriem zien, waarop hij nog niet zo lang geleden een primitieve kopie had gemaakt van de kaart die Pythagoras aan het strandje van Delos had getekend. Hij wees de Ionische koloniën aan die op de zuidkust van Italia lagen. 'Bedoelt u hierheen?' en hij had plezier in de verbaasde reactie van de man, die onmiddellijk begreep wat hij bedoelde. Kennelijk had hij met een geleerde te maken, die de kaart van Anaximander kende.

'Ja, ik wil naar Sybaris. Kun je mij met mijn vrouw en zoon meenemen? Ik zal je goed belonen.'

'U kunt wel mee,' zei Leon, 'maar ik ga niet verder dan de handelshaven van Samos. Daar moet u proberen een boot te vinden die verder naar het westen gaat.'

De volgende dag verliet Leon de haven van Milete met behalve een lading graan, het gezin van de geleerde aan boord. De reis naar Samos duurde niet lang. Het was goed weer en Leon had alle tijd voor een gesprek met zijn passagier. Zo hoorde hij dat veel Ioniërs naar het westen van Groot Hellas wensten te vertrekken, omdat zij niet wilden leven onder de heerschappij van de Perzen, die de steden langs de kust een voor een hadden onderworpen. 'We leven hier onder Perzische overheersing. Velen trekken weg naar het westen. Ik heb gehoord dat we nog onszelf kunnen zijn in Sybaris, in Kroton en in Tarentum,' had de passagier gezegd. De mededeling interesseerde Leon zeer. Sinds de dood van Polykrates was ook Samos aan de Perzen uitgeleverd. Dat zinde hem allerminst, hoewel hij niet van plan was zijn geboorte-eiland te verlaten. Maar ook Leon was ter ore gekomen dat er steeds meer vijandschap ontstond tegen Pythagoras, dat er zelfs al een aanslag op diens leven was gepleegd.

's Avonds sprak hij zich uit tegen Phileia. 'Veel Ioniërs, vooral de geleerden, wijken uit naar de koloniën in Italia,' zei hij. 'Ik begrijp niet dat Pythagoras hier nog blijft. Alle moeite die hij doet voor het oprichten van zijn school is gewoon parels voor de zwijnen. Hij is te groot voor Samos. Samos is zijn aanwezigheid niet waard!'

Phileia had die dag op de markt in Samos-stad een van de slaven van Pythagoras ontmoet. Ze wist van hem dat de oude Mnesarchos er heel slecht aan toe was, dat de familie elk moment zijn dood verwachtte.

'Pythagoras zal nooit vertrekken zolang zijn zieke vader hem nog nodig heeft,' was haar antwoord. 'Als hij al vertrekken wil. Dat is nog maar helemaal de vraag.'

De Ionische steden in het westen bleven Leon bezighouden. In alle havens waar hij aanlegde probeerde hij meer te weten te komen en steeds hoorde hij hetzelfde, in Ephesus, in Priene, in Milete, in Halikarnassos: wie het zich veroorloven kon, probeerde een boot te vinden om uit te wijken naar Groot Hellas in het westen.

Er ging een maan voorbij. Toen werd bekend dat Mnesarchos was gestorven. De oude bouwmeester was zesentachtig jaar geworden. Hij genoot groot respect op het eiland en was bij de bevolking geliefd, ondanks het feit dat hij tot de belangrijkste aristocratische families behoorde. Men was nog niet vergeten dat hij het ere-burgerschap had gekregen als dank voor het feit dat hij Samos eens bewaard had voor hongersnood. Alleen de tiran en zijn medewerkers hadden de bouwmeester van de Apollo-tempel met gemengde gevoelens bekeken. Nu hij dood was en er niets meer van hem te vrezen viel, werd Mnesarchos ook door hen allerwege geloofd en geprezen.

Na de begrafenisplechtigheden ging Leon naar het huis van de meester om hem te vertellen wat hij in de havens op het vasteland had gehoord. Pythagoras was er niet. Van Zamolxis hoorde Leon dat de meester na de begrafenis van zijn vader voor enige tijd naar de grot in de Kerkis was vertrokken om zich te kunnen concentreren op een wiskundig probleem. Ditmaal had hij zijn enige leerling meegenomen. Pythaida had zich teruggetrokken. 'Stoor haar niet,' zei Zamolxis, 'ze heeft het deze dagen al moeilijk genoeg. Je zou haar maar ongerust maken door over uitwijken te praten. Ik waarschuw je wel als de meester terug is.'

Hoewel er niets opzienharends gebeurde, werd Leon geplaagd door een voorgevoel. 's Nachts schrok hij vaak wakker uit een benauwde droom waarin hij Pythagoras vermoord zag worden. Het was of de goden hem waarschuwden, of ze van hem verlangden dat hij iets zou ondernemen om naderend onheil af te wenden. Toch leek het leven op het eiland zijn gangetje te gaan. Nog steeds was Aiakes bij de grote koning, nog steeds regelden zijn medewerkers de eilandregering in zijn naam. Nog steeds maakte Lykourgos de dienst uit. Het volk mopperde over de schattingen die hun door de Perzen waren opgelegd, maar niemand ondernam er iets tegen.

De zomer was afgelopen. Stormen en zware regenbuien kondigden het winterseizoen aan. De vissersvloot lag aan de wal. De handelsschepen voeren minder vaak uit.

Beekjes zwollen aan tot onstuimige rivieren en in de havens klotsten de golven tegen kaden en steigers. Bruisend stroomde het water door de tunnel van Eupalinos.

In de stad waren weinig mensen op straat. Ook in Kalamoi bleef iedereen zo veel mogelijk binnen.

Phileia zat aan haar weefgetouw, Parthenia vlocht bijenkorven voor de imkers, Simias herstelde visnetten en zeilen. Op een gelooid stuk leer tekende Leon zorgvuldig de kaart na, die hij op zijn roeiriem had ingekrast. Hij gebruikte daarvoor een stuk houtskool om correcties te kunnen aanbrengen. Eenmaal tevreden met het resultaat brandde hij de houtskoollijnen in met een bronzen pen die hij in het vuur verhitte.

In het Heraion droop het water van de grote Kourosbeelden; het verzamelde zich in de bronzen kraters, tot het de rand bereikte en als een waterval langs de griffioenkoppen omlaag stroomde. De Imbrasos-monding was veranderd in een zompig moeras. De boot die Kolaios geofferd had nadat hij de zuilen van Herakles had bereikt, stond midden in het Heraion tot de rand gevuld met water en zag eruit als een langwerpige vijver. De regen roffelde op het dak van Leons huis.

'Is Pythagoras nog in de Kerkis?' vroeg Phileia.

Leon schoof zijn leren kaart met een tevreden gezicht van zich af. Hij was met zijn gedachten elders. 'Wat zei je?'

'Is Pythagoras nog niet thuis?'

'Nee, dat wil zeggen, gisteren nog niet en 't ligt niet voor de hand dat hij in dit weer zijn grot verlaat.'

''t Zou zelfmoord zijn!' Simias kende de Kerkis beter dan Leon. 'Door de regen spoelt alles van de berghellingen. Bij iedere stap glij je uit.'

'Dat is een ramp, je zit met dit weer in de berg opgesloten en je weet nooit hoe lang zoiets duurt.'

''t Heeft één voordeel,' Simias was klaar met de reparatie van zijn net. Hij stond op, liep naar de deur en keek door het regengordijn naar de zee. 'In de grot heeft Pythagoras geen water. Dat moet hij van ver halen. Elke kruik water moet hij langs afgronden naar zijn grot slepen. Nu hoeft hij de kruiken alleen maar in de regen te zetten.'

Parthenia lachte. 'Jij bekijkt alles altijd van de vrolijke kant.'

Kleine gesprekjes over alledaagse dingen. Toch steeds terugkerend naar het onderwerp Pythagoras.

In de laatste tijd was het aantal mensen dat smalend of zelfs vijandig over de meester sprak, snel gegroeid. Waaraan dat lag? Vermoedelijk speelden gekwetste ijdelheid en jaloezie een rol. Het natuurlijk overwicht van de priester-geleerde bracht bij velen een besef van eigen ontoerei-kendheid teweeg. Een opmerking over vermeende hoogmoed van Pytha-goras bezorgde hem vijanden waar hij dat zelf nooit zou vermoeden.

De medewerkers van de tiran zagen een levensgroot gevaar in de man die ze aanvankelijk hadden bewonderd. Door het slechte weer groepten ze samen, in het paleis op de akropolis, in huizen en havenkroegen en bij gebrek aan bezigheden bloeide de roddel.

Steeds weer kwam in de vaak verhitte gesprekken naar voren, dat Pythagoras de mening van de elite belangrijker vond dan die van de massa. In allerlei variaties, te pas en te onpas gebruikt, in totaal ander verband dan de meester het had gezegd, gingen die woorden een eigen leven leiden.

122

Terwijl de regen dreunde op de daken ontstond het gerucht dat de priester-geleerde zich in de Kerkis aan het voorbereiden was op een greep naar de macht. Wie dat gerucht in het leven had geroepen, wist niemand. Lykourgos verspreidde het maar al te gretig. Een enkeling die nog zijn gezonde verstand gebruikte, kwam aarzelend in opstand. 'Pythagoras heeft toch zelf geweigerd in de politiek betrokken te worden.'

'Dat was een handige zet van hem, een afleidingsmanoeuvre.'

'Aiakes heeft hem zelf gevraagd een school op te richten. Dat zou hij toch niet doen als hij de man gevaarlijk vond.'

'Aiakes heeft zich vergist. Dat is menselijk. Maar je moet op een verkeerd besluit kunnen terugkomen. Hij is nu al een poos bij de grote koning, hij weet niet hoe de zaken zich hier ontwikkelen.'

De man die Lykourgos had tegengesproken, verloor snel terrein. Hij wist voor zichzelf dat er ten onrechte stemming werd gemaakt. Waarom? Pythagoras had toch niemand een strobreed in de weg gelegd. Hij deed nog een laatste poging: 'Als hij een redevoering houdt, komen er anders nog genoeg toehoorders naar het theater, al is het niet meer zo massaal als in het begin.'

'Pythagoras is een volksmenner. Hij bespeelt de massa. Juist daarin schuilt het gevaar.'

Een instemmend gemompel zwol aan. De enkeling die nadacht en zich liet horen, kreeg geen steun en verliet kwaad de volle havenkroeg.

Buiten stond hij een ogenblik in de stromende regen over zee uit te kijken. In enkele tellen was hij doornat. Waarom? vroeg hij zich af. Wat gebeurt hier? Hij vond het antwoord niet en sopte door het noodweer naar zijn huis.

Te groot voor een klein eiland

Op het moment dat Leon het niet verwachtte, kwam de dreiging plotseling in een stroomversnelling. Simias was naar de markt geweest in Samos-stad. En daar was het dat hij een paar woorden opving die hem alarmeerden. Het leken volkomen onschuldige woorden. 'Komt er eigenlijk nog wat van?' vroeg een als vechtersbaas bekend staande man aan een onguur uitziende kerel, die op de havenpier wat met zijn dolk zat te spelen. 'Jij altijd met je grote bek. Jij zou Lykourgos toch wel even die dienst bewijzen?'

'Barst, man, hij zit weer in de Kerkis. Als jij het allemaal zo goed kan, doe het dan zelf!'

Het woord Kerkis trof Simias als een zweepslag. Hij deed of hij niets gehoord had, of hij de mannen op de havenpier niet eens zag. Hij probeerde iets dichter bij het tweetal te komen zonder dat het opviel, maar het lukte hem niet te horen wat er verder gezegd werd. Na enige tijd zag hij de man met het mes opstaan en weglopen. De ander riep hem na: '...ik zie je morgenavond bij Battos.' Beiden verdwenen in de massa. Simias haastte zich naar Kalamoi. In het huis van Leon besprak hij het gehoorde.

'Het hoeft natuurlijk niks te betekenen, maar die opmerking over de Kerkis. Wie kan hier anders bedoeld zijn dan Pythagoras?'

Voor Leon was het duidelijk. Er werd opnieuw een aanslag beraamd. Wat moest hij doen? Hij kon niet werkeloos toezien hoe de zaak uit de hand begon te lopen.

'Iedereen tegen wie je dit verhaal doet, zal je uitlachen. Jullie moeten met feiten komen, niet met een paar losse kreten die overal op kunnen slaan.' Phileia sprak uit wat ze eigenlijk allemaal dachten.

'Maar geloof jij dan niet dat er iets wordt uitgebroed?'

'Natuurlijk wel. Simias heeft heel goed begrepen wat hij heeft gehoord. Wíj geloven het. Maar wie anders? Zelfs Pythagoras gelooft je niet als je niet met meer feiten komt.'

Het was al schemerdonker in huis. De kabbelende golfjes op het grindstrandje waren de enige geluiden die van buiten kwamen. Leon mompelde voor zich heen. 'Morgenavond... bij Battos.' Ineens kreeg hij een heldere gedachte. 'De vissershut van Battos ligt het meest afgezonderd, buiten de stadsmuur, daar waar de pijnbomen staan. Het is een plaats waar je ongemerkt kunt samenkomen. Ik ga erheen, morgenavond. Ik verschuil me in het pijnbomenbosje. Vandaar kan ik zien of er mensen samenkomen in de hut en wie dat zijn. Ik ga proberen ze af te luisteren.'

In de donkere vissershut zaten ze bijeen bij het licht van een olielampje. Deur en raam waren gesloten, schaduwen dansten over de wanden van de benauwde hut. De samenzwering had iets van een geheime rechtszitting. Lykourgos had de leiding.

'We zijn hier samengekomen om de zaak Pythagoras af te handelen,' begon hij.

'Is iedereen het met me eens, dat die man moet verdwijnen?'

Een bedachtzame oudere man uitte aarzelend zijn twijfel. 'Aiakes heeft grote plannen gehad met Pythagoras. Dat is allemaal wel mislukt, maar ik vind toch dat we niet buiten de tiran om over Pythagoras kunnen oordelen. We moeten wachten tot hij terug is.'

'Je bent kortzichtig. Aiakes is al een poos aan het Perzische hof. Vandaag hoorde ik van een schipper die uit de Propontis kwam, dat hij nu met Dareios' leger mee optrekt tegen de Skythen. Dat kan lang gaan duren. Moeten we de zaak hier uit de hand laten lopen? Vergeet niet dat wíj nu de macht in handen hebben, de macht én de verantwoordelijkheid.'

Er ontstond rumoer. Alle aanwezigen waren om uiteenlopende redenen tegenstanders van Pythagoras, maar de meningen over wat er gebeuren moest verschilden.

'Wachten tot de tiran terug is.'

'Dat gaat te lang duren.'

'We moeten niet overhaast te werk gaan. Laten we alles op een rij zetten.'

'Uitstekend, Battos, jij begint.'

Battos schoof iets naar voren in de lichtkring. Hij sprak haastig, alsof hij bang was niet genoeg tijd te krijgen om zijn haat te spuien.

'Als we wachten, krijgt hij tijd zijn ideeën uit te dragen. Hij krijgt aanhang, volgelingen. Dat moeten we vóór zijn.'

De bedachtzame oude viel hem in de rede. 'Je zegt zelf dat het scholingsplan voor de jeugd mislukt is. Hij hééft nauwelijks aanhang.'

'Zeg dat niet. De jongeren van Samos zijn lui. Ze hebben geen zin in discipline en hard werken. Maar ze gaan wél naar het theater als Pythagoras een redevoering houdt.'

'Uit nieuwsgierigheid, man, meer niet.'

'Kan zijn.' Battos begon zich op te winden. 'Maar de man is zo'n begaafd spreker, dat er altijd dingen bij het volk blijven hangen. Op den duur is dat uiterst gevaarlijk. Vooral op de vrouwen is zijn invloed nu al duidelijk merkbaar. Hij houdt mooie praatjes over de waarde van het gezin, de rol van de moeder daarin, de huwelijkstrouw. Míjn vrouw begint zich al tegen mij te verzetten.'

Alle aanwezigen begrepen uitstekend wat Battos bedoelde. Het was algemeen bekend dat hij het beslist niet nauw nam met de huwelijksmoraal en dat hij zijn vrouw als een voetveeg behandelde.

'En dan die krankzinnige opwekking om geen dierenoffers te brengen, geen beesten te doden, geen vlees meer te eten!'

Iemand riep: 'Hoe blijven we dan in leven? Waarom draagt hij zulke ideeën uit? Moeten we soms allemaal verhongeren?'

Lykourgos begreep dat de vergadering op die manier chaotisch ging worden en eindeloos zou duren. Hij probeerde in te grijpen.

'De man gelooft in zielsverhuizing,' riep hij. 'Hij zegt dat de mens na zijn dood in een andere gedaante terugkeert. Kan best in die van een dier zijn, vandaar. Laat hem geloven wat hij wil, maar voor ons zijn dergelijke ideeën bedreigend. Bovendien is hij tegen alles wat het volk genoegen verschaft: tegen wijn drinken, tegen luxe en pronkzucht, tegen feesten, kortom, tegen dát waarmee het volk zoet gehouden kan worden. Hij wint met iedere redevoering ergens wel een paar aanhangers. Aiakes weet dit niet. Als hij het hoort zal hij het zeker met ons eens zijn, dat de man verdwijnen moet. Alleen, dán is het te laat. Dan is er al overal verzet en onrust. We moeten het probleem nu oplossen, vóór Aiakes terugkomt. Hij zal er ons dankbaar voor zijn.'

In de doornstruiken, onder de pijnbomen, had Leon al in de vroege avond een schuilplaats gezocht. Hij had de mannen één voor één bij het invallen van de duisternis zien verschijnen en in de hut verdwijnen. Hij had geprobeerd de bijeenkomst af te luisteren. Dat bleek moeilijker dan hij had verwacht. Losse uitroepen drongen wel tot hem door, maar de samenhang ontging hem. Hij schoof dieper de doornstruiken in om

126

dichter bij de hut te kunnen komen. Scherpe doorns haakten zich in zijn kleren en haalden zijn gezicht en handen open. Hij lette er niet op. Toen hij begon te vrezen dat hij zo niet wijzer werd, merkte hij dat de stemmen luider begonnen te worden, de gemoederen verhitter. Waar iedereen in het begin zacht gesproken had, in het besef dat de samenkomst geheim was, werd alle voorzichtigheid nu overboord gezet. Het was immers doodstil op het strandje buiten de muren. Geen mens in de buurt. Iemand gooide de deur open om wat koele lucht binnen te halen in de benauwde hut. Duidelijk verstaanbaar werd nu alles voor Leon.

'Laten we niet eindeloos blijven zwetsen,' hoorde hij Lykourgos roepen. 'We zijn het er allemaal over eens dat Pythagoras verdwijnen moet. Blijft alleen te bespreken hoé, wanneer en waar. Luister!'

'Zodra Pythagoras zijn grot verlaat, is hij verloren. Ze hebben de plannen voor een aanslag zorgvuldig uitgewerkt. Alleen in de Kerkis is hij nog veilig, omdat ze hem daar niet weten te vinden. Ik móet naar de Kerkis, nú!'

Leon wist dat hij de grot nooit alleen zou kunnen vinden. Hij hoopte op de hulp van zijn schoonzoon, die aan de voet van de Kerkis was opgegroeid en de berg redelijk goed kende. Maar de tocht zou gevaarlijk zijn, vooral nu de herfstregens waren losgebarsten. Mocht hij dat van Simias verlangen? Onzeker wreef hij over de schrammen die de doornstruiken op zijn gezicht hadden achtergelaten. Hij keek naar Phileia, naar Parthenia, zocht naar de juiste woorden.

'Dat red je toch nooit zonder mij!' Simias grijnsde. 'Natuurlijk ga ik met je mee. Maar of Pythagoras zich uit Samos laat verjagen, is nog maar de vraag. Tot dusverre heeft hij de dreiging getrotseerd.'

'Ik moet hem ervan overtuigen dat hij in Kroton kan bereiken wat op Samos niet mogelijk is. Ik moet hem zeggen dat alle geleerden uit de Ionische koloniën daarheen trekken. Dáár ligt het toekomstige centrum van de wetenschap, dáár hoort hij thuis. Hier wordt hij vermoord zodra hij op de Ampelos terug is. Heeft hij daarvoor zijn hele leven kennis en wijsheid vergaard?'

Phileia twijfelde nog. 'Pythagoras laat zijn oude moeder hier nooit alleen achter.'

'Als hij maar eenmaal bereid is te vertrekken, dan is dáárvoor ook een oplossing te vinden.'

'Laten we gaan slapen,' zei Simias praktisch. 'We moeten vóór het opgaan van de zon op weg zijn.'

De regens hadden de beekjes doen aanzwellen tot snelle bruisende waterlopen. Maar zolang Leon en Simias onder de Ampelos langs in westelijke richting liepen, hadden zij geen problemen met wateroverlast. De temperatuur was aangenaam koel, waardoor zij snel vorderden op hun lange weg naar de Kerkis. De wouden van kastanjes en platanen waren door de stortbuien van alle zomerstof schoongewassen. Er hadden zich geen moeilijkheden voorgedaan toen zij tegen de avond de uitlopers van de Kerkis bereikten en een onderkomen zochten voor de nacht. Simias was in vertrouwd gebied. Hij wist zonder moeite een plek te vinden waar een overhangende rots, omringd door zware kastanjebomen, een prachtige beschutting bood. 'Morgen wordt het moeilijker,' kondigde hij aan. 'Maar zolang het droog blijft hebben we geen klagen. Aan de zuidkant van de Kerkis weet ik een aantal grotten. We zullen ze allemaal moeten afzoeken, want ik heb er geen idee van, welke hij gekozen heeft. We moeten alleen over de Kakoperato zien te komen. Die is nu natuurlijk geweldig gezwollen.'

Leon antwoordde niet. Haastig aten ze wat van de meegenomen levensmiddelen, waarna ze doodmoe van de geforceerde dagmars ter ruste gingen onder het beschermende rotsdak.

In de stilte van de nacht was het ruisen van de Kakoperato duidelijk hoorbaar. Het was een slaapverwekkend geluid dat de vermoeide mannen niet stoorde.

Tegen het aanbreken van de dag schrokken beiden op door een veranderend achtergrondgeluid. Ze wreven de slaap uit hun ogen. Het duurde even voor ze beseften dat het niet het ruisen van de bergbeek was dat hen had gewekt, maar het geluid van een geweldige regenbui. Door een gordijn van neerstromend water zagen ze de dag aanbreken.

'Oponthoud!' Simias wist maar al te goed hoe gevaarlijk de nieuwe regenbuien konden worden, maar hij vond het niet raadzaam zijn schoonvader al bij voorbaat te verontrusten. Ze aten wat, dronken regenwater en strekten zich nog eens uit. De regen hield aan, niet alleen in de vroege morgen. Onafgebroken ruiste en bruiste het water. Hoewel de mannen droog bleven, was het aanhoudend noodweer toch wel een streep door hun rekening. Teruggaan was even gevaarlijk als doorgaan. Bovendien waren ze niet van plan zich door regen van hun voornemen te laten afbrengen.

'Laten we de tijd gebruiken om een plan te maken voor het geval we Pythagoras vinden,' zei Simias zakelijk. 'Het is aan jóu hem te overtuigen van de noodzaak te vluchten. Als hij toegeeft zal ík ervoor moeten zorgen dat hij veilig wegkomt.'

'Hoezo?'

'Je kunt toch niet met hem terug naar Kalamoi. Hij moet van zijn grot uit naar de zuidkust zien te komen. Dat kan hij alleen als ik als gids meega. Jij moet dan alléén je weg terug zien te vinden om de boot te halen. Let dus vanaf hier goed op herkenningspunten in het terrein.'

Leon begreep dat dat geen gemakkelijke taak voor hem werd.

'Hoe vinden we elkaar terug?'

'O, dat is niet zo'n probleem. De monding van de Kakoperato is een uitstekend punt. Ik daal met hem af naar de kust en jij komt er met je boot heen.'

Er werd die dag nog regelmatig over de voorgenomen vluchtroute gesproken, want de regen hield aan. De mannen waren genoodzaakt een tweede nacht in hun schuilplaats door te brengen. Ze begonnen zich zorgen te maken over de hoeveelheid proviand.

Na de tweede regennacht klaarde het op. De zon brak door. Ze konden hun schuilplaats verlaten. Met gevaar voor hun leven wisten ze over de bruisende rivier te komen.

De zoektocht in de Kerkis werd een afschuwelijk avontuur, dat hun hun leven lang bij zou blijven. De rotsen waren spekglad, de gruishellingen uitgespoeld. Vele malen gleden ze weg in de modder, ze haalden armen en handen open, liepen schaafwonden op. Simias was de meest ervarene. Hij klom voorop en gaf zo goed als het ging aanwijzingen. Groot was hun teleurstelling toen de ene na de andere grot die Simias vond, leeg bleek te zijn.

'Hoeveel zijn er wel?' hijgde Leon.

'Tientallen. Maar lang niet allemaal zijn ze bewoonbaar. Je kunt wel aannemen dat hij een van de grotere grotten heeft uitgekozen.'

Tweemaal bereikten ze een grote, bewoonbare grot, maar beide malen moesten ze ontdekken dat ook die leeg waren. Opgeschrikte dieren die er hun toevlucht hadden gezocht tijdens de zware regens, stoven weg. Van menselijke bewoning geen spoor.

De mannen spraken onderweg nauwelijks. Ze hadden hun kracht en adem nodig voor het zware klimwerk.

Tijdens een korte rust vroeg Leon of er nog grotten waren aan de andere kant van de Kerkis.

'Ja. Een flink aantal zelfs. Maar ik kan me niet voorstellen dat Pythagoras díe heeft uitgekozen. Ze zijn praktisch onbereikbaar.'

En wéér hesen ze zich overeind om verder te klimmen. Wegrollende stenen verdwenen ratelend in diepe afgronden. Ze waren een steeds weer nieuwe waarschuwing vooral de voorzichtigheid geen moment uit het oog te verliezen, voortdurend alert te blijven, geen stap te wagen zonder na te denken.

Toen ze tegen de avond zwetend en doodmoe besloten een schuilplaats voor de nacht te zoeken, werden ze opgeschrikt door een merkwaardig geluid. Leon greep zich vast aan een struik. Hij voelde zich duizelig en kreeg braakneigingen. Waar kwam dat vreemde geluid vandaan? Ook Simias had het gehoord. Beiden stonden daar op de glibberige berghelling met naast zich een angstaanjagend ravijn, beiden hoorden de ijle muziek, die zo totaal niet paste in de barre omgeving, die uit een andere wereld leek te komen. Hadden ze te snel geklommen? Kregen ze last van hoogteziekte en hallucinaties?

Weer die klanken. IJle, zuivere muziek van een snaarinstrument. Nee, het was geen zinsbegoocheling. Het was reëel!

Voorzichtig, stap voor stap, werkten ze zich verder omhoog naar een rotsplateau vanwaar het geluid scheen te komen. Toen ze het op een paar manslengten na bereikt hadden en er nagenoeg recht onder stonden, hield de muziek plotseling op en een duidelijk verstaanbare stem zei: 'De muziek behoort tot de wiskundige wetenschappen. Door mathematische meting bepaal je de intervallen op een snaarinstrument. Het is belangrijk dat je de muziek leert beoefenen, natuurlijk niet op een blaasinstrument, want dat is wereldse muziek. Leer vooral de lier bespelen, snaarmuziek is religieuze muziek.'

Als aan de grond genageld stonden de mannen onder de rots. Ze hadden de stem herkend: Pythagoras' stem. Maar ze wachtten tot hij uitgesproken was voor ze hun aanwezigheid lieten blijken.

'De goden zij dank!' riep Leon. 'We hebben hem gevonden!'

Boven hen verscheen het gezicht van Pythagoras, de leerling, die zich geschrokken vooroverboog om te zien wie hen in hun hol had ontdekt.

Ze hadden de meester gevonden; nu ging het erom hem te overtuigen!

Op het rotsplateau vóór de ingang van de grot, zaten de vier mannen bijeen rond een olielampje. De groene berghelling geurde aangenaam fris, de vogels waren na de regen tot rust gekomen in bomen en struiken. Boven zee stond een heldere maan en nadat het wolkendek was opengebroken, fonkelden ontelbare sterren aan de hemel. Het vredige schouwspel was in schril contrast met het onderwerp van gesprek.

'Drie verschillende moordplannen hebben ze uitgedacht,' zei Leon, nadat hij Pythagoras op de hoogte had gebracht van het doel van hun komst. 'Zodra u de Kerkis verlaat is er geen ontkomen aan. Als het ene plan niet lukt, dan wel het volgende. Niemand kan u tegen deze aanslagen beschermen. Meester, het heeft toch geen zin uw leven te vergooien. Ze slachten u af als een hond!' Zonder dat hij er zich van bewust was, was Leon emotioneel geworden in zijn poging te overtuigen.

'Ik heb me een doel gesteld.'

'Samos is uw pogen niet waard. Uw school is mislukt.'

De meester keek naar zijn enige leerling en herhaalde wat hij eens tegen zijn oude vader had gezegd: 'Als ik maar één leerling kan opleiden, zal ik mijn taak niet als mislukt beschouwen.'

In de vele dagen dat hij nu met zijn enige leerling in de grot had geleefd en gewerkt, had hij veel resultaat geboekt. De jongeman had zelfs voor zijn prestaties de geldelijke beloning, die hij regelmatig ontving, geweigerd. Ze waren elkaar in de eenzaamheid van de Kerkis gaan begrijpen, de meester en de leerling.

Nog voor Leon hierop kon antwoorden, zei de leerling: 'Ik wil niet dat u om mij uw leven waagt. Ik heb geen bindingen op Samos. Als u vertrekt, ga ik met u mee.'

'Ik heb nog een oude moeder. Die kan ik niet onbeschermd achterlaten.' Leon voelde dat hij terrein begon te winnen. 'Ook daaraan hebben wij gedacht. Als u erin toestemt te vertrekken, zal ik uw moeder overtuigen dat ze mee moet gaan. Ze zal u ongetwijfeld volgen.'

Er viel een lange stilte. Ieder volgde zijn eigen gedachten. Zou de meester van Samos vertrekken? Zou hij een vlucht als gezichtsverlies beschouwen en daarom zijn vijanden trotseren? Leon deed een laatste poging te overtuigen.

'Alle geleerden uit de Ionische koloniën vertrekken naar Kroton en Sybaris. Ik heb zelf van mijn laatste reis naar Milete een geleerde met zijn gezin meegenomen. Van Samos heeft hij een boot genomen die naar Kaftor ging om van daaruit te proberen een schipper naar Italia te vinden. Kroton wordt het nieuwe centrum van wetenschap. Dáár zijn mogelijkheden voor u een school te stichten. Moet al uw kennis mét u verloren gaan?'

Het laatste argument gaf de doorslag. Pythagoras stond op. Uitkijkend over de berghelling zei hij: 'Ik houd van Samos. Het is het land van mijn jeugd. Alleen op Samos voelde ik me echt thuis. Ik heb iets voor Samos willen betekenen. Maar je hebt gelijk. Ik kan van geen enkel nut meer zijn wanneer ik me laat afmaken. En in Kroton kan ik wellicht nog iets bereiken.'

Leon en Simias slaakten een zucht van verlichting. Zij hadden hun leven in de waagschaal gesteld, ze waren een ogenblik bang geweest dat dat voor niets zou zijn geweest.

Lang zaten ze nog bijeen om het vluchtplan tot in details te bespreken. Toen ze zich voor de nacht terugtrokken in de grot, was het plan uitgewerkt. Bij het eerste ochtendgrauwen zou Leon vertrekken voor zijn moeizame tocht terug naar Kalamoi. Simias zou nog drie dagen in de grot blijven en daarna als gids de beide anderen naar de monding van de Kakoperato brengen.

Het geurende, vredig uitziende eiland ging zijn grootste zoon verliezen.

Niemand in de huizen en hutten van Samos-stad en de omliggende nederzettingen was zich daarvan bewust.

Phileia had de taak op zich genomen de oude moeder van de meester over te halen. Het viel niemand op dat zij de berghelling beklom om de weduwe van Mnesarchos te bezoeken.

In het koele huis aan de voet van de Ampelos ontmoette ze de nu meer dan tachtig jaar oude Pythaida. De vrouw hoorde haar aan zonder haar in de rede te vallen. Ze toonde geen tekenen van angst of emotie. Ze nam ter kennis wat haar zoon haar liet berichten en legde zich zonder meer neer bij zijn besluit.

'Ik zal doen wat mijn zoon en jouw man van me verlangen. Ik ga morgen naar het Heraion om daar in de middag mijn offers te brengen. Ik wacht tot de priesteres uit het heiligdom is vertrokken en loop dan naar jouw woning in Kalamoi. Ik zorg er wel voor dat ik onderweg nergens de aandacht trek.'

Even ontstond een nieuw probleem toen Phileia haar aanraadde, de beide slaven van Pythagoras een kist met de belangrijkste bezittingen van de meester en zijn moeder te laten pakken om die mee te kunnen nemen.

'Mijn zoon heeft geen slaven,' zei de oude vrouw. 'Zij hebben al direct na zijn thuiskomst hun vrijheid herkregen. Zij wilden bij ons blijven, maar ik kan natuurlijk niet over hun toekomst beschikken.'

Pythaida riep haar bedienden bij zich. Aristeios en Zamolxis hoorden onbewogen aan wat Pythaida hun te zeggen had.

'Jullie zijn vrij, jullie moeten zelf over je toekomst beslissen. Maar ik vertrouw erop dat jullie niemand verraden dat mijn zoon voorgoed verdwenen is en waarheen.'

De beide bedienden knipperden nauwelijks met hun ogen. Zamolxis bracht onder woorden wat hun beider besluit was: 'Wij hoeven hier niet over na te denken. Wij volgen de meester, waarheen hij ook gaat.'

'Dat is dan duidelijk,' zei de oude vrouw. Ze kende haar bedienden, ze had niet anders verwacht. 'Wij drieën gaan morgen op weg zoals is afgesproken.'

Op de terugweg naar huis verbaasde Phileia zich over de snelheid waarmee Pythaida haar besluit genomen had. Ze was zich er heel goed van bewust hoe moeilijk het moest zijn je huis op te geven, al je bezittingen. Ze had het immers zélf meegemaakt. Pythaida moest zelfs haar geboortegrond verlaten, het eiland waarvan ze hield. Dat maakte haar besluit nog moeilijker dan dat van Phileia destijds. Toch had de oude vrouw geen klacht geuit. Ze schikte zich in het onvermijdelijke.

Phileia toog naar de markt in Samos-stad om inkopen te doen. Bij enkele vrouwen die zij ontmoette beklaagde ze zich uitvoerig over het feit dat Leon met Simias was uitgevaren naar Halikarnassos en Alysia, op zoek naar nieuwe handelsmogelijkheden.

'Toen ze alleen nog maar visten, waren ze nooit lang van huis. Nu zijn mijn dochter en ik voor ik weet niet hoe lang alleen.' Het was een handige afleidingsmanoeuvre. Phileia rekende erop dat dit nieuwtje zich zou verspreiden. Ze ving zo twee vliegen in één klap: een lange afwezigheid van de mannen was verklaard en bovendien leidde ze de aandacht in de verkeerde richting.

'Waarom doen ze dat dan? Ze hebben toch een goed bestaan.'

'Je weet toch hoe mannen zijn. Ze willen altijd méér bereiken, groter worden, belangrijker zijn.'

Ook Parthenia droeg haar steentje bij in het verspreiden van de geruchten. 'Simias is wel mede-eigenaar van de boot van Leon,' vertelde ze een kennis die ze in het Heraion ontmoette, maar hij wil toch langzamerhand een eigen boot. Daarom is hij nu naar Alysia gevaren, om te zien of hij daar een vaste afnemer kan vinden voor Samische aarde.'

De actie van beide vrouwen zorgde al bij voorbaat voor een antwoord op nog onuitgesproken vragen.

Leon wist door uiterst voorzichtig te navigeren, zijn boot op veilige afstand van Samos te brengen. Via Fourni en Nikaria bereikten ze het eiland Delos, waar aangelegd werd om in een stille baai de nacht door te brengen. Het leek een herhaling van Pythagoras' eerste bezoek aan Delos om Pherekydes te ontmoeten. Alleen was de situatie nu grimmiger. Op het strandje waar Pythagoras de kaart van Anaximander in het zand had getekend, zaten ze opnieuw in de nacht bijeen. Weer luisterden ze naar wat de meester te vertellen had over zijn vele reizen. Pythagoras, de leerling, bracht boven een vuurtje water aan de kook en bereidde een dikke soep van meegebrachte groenten en kruiden. Door de schijn van veiligheid kregen Leon en Simias het onwerkelijke gevoel dat er geen vuiltje aan de lucht was, dat ze voor hun ontspanning een tocht maakten over de Egeïsche Zee. De kalmerende invloed die van Pythagoras uitging, nam angst voor achtervolging of een aanval van zeerovers weg. Ook de aanwezigheid van de oude vrouw droeg daartoe bij. Zonder een klacht accepteerde ze alle ongemakken van de voor haar toch uitputtende reis. Geen moment vroeg ze extra aandacht.

'Als we Delos achter ons hebben is de kans op achtervolging nog maar klein,' zei Leon. 'Maar ik blijf van mijn koers afwijken zodra ik in de verte schepen zie. Je weet maar nooit.'

Van Delos voeren ze in zuidelijke richting tussen Paros en Naxos door om te overnachten op Strongili. Strongili, onbewoond, ruw, vijandig. Naderend vanuit het noorden beletten ijzingwekkend steile rotshellingen het landen. Voorzichtig voer Leon om Strongili heen en vond op het zwarte lavastrandje van de zuidkust een goede aanlegplek.

Die avond sprak Pythagoras over de geweldige vulkaanuitbarsting die vele vele jaren tevoren het eiland Strongili uiteen had doen barsten en voor het grootste deel in zee had doen verdwijnen. Strongili, de Ronde, was sindsdien niet rond meer.

'Moeilijk voorstelbaar dat Strongili eens bewoond is geweest. Dat er een stad heeft bestaan die bekend stond om geweldige rijkdommen en hoogstaande cultuur en dat die stad bij de uitbarsting van de vulkaan onder een berg van gloeiende lava is bedolven. Nergens zie je duidelijker hoe nietig een menselijke beschaving is, hoe betrekkelijk het streven van een volk, laat staan van een enkeling.'

Lang werd er die nacht niet gepraat. Ze waren allen moe en een voor een rolden ze zich in een deken en vielen in slaap. Alleen Pythagoras en Leon zaten nog bij het smeulend vuurtje. Plotseling zei de meester: 'Waarom doe je dit alles voor mij, Leon? Waarom wagen Simias en jij je leven voor mij?' Leon had geen antwoord klaar. Wat hij tenslotte zei, klonk ontoereikend.

'Ik wéét dat ik dit doen moet. Ik weet niet waaróm!'

De meester glimlachte. Voor hem was het antwoord veelzeggender dan een lange redevoering.

'Ik heb een leven van zestig jaren gebruikt om wijsheid te vergaren. Ik wilde die wijsheid op Samos uitdragen. Het is mislukt. Doordat jij je leven waagt, is het misschien mogelijk in Kroton iets te bereiken. Misschien, het is nog maar de vraag. Als het lukt, áls ik daar kennis kan overdragen, komt dat doordat een eenvoudige visser van Samos mij daartoe in staat stelde. Niet het verstand van de geleerde is daarbij dan de belangrijkste factor geweest, maar de mens die zijn gevoel liet spreken en de geleerde een nieuwe mogelijkheid bood.'

Leon staarde naar de weerspiegeling van het maanlicht op de nu vlakke zee, naar het zwarte silhouet van de lavarotsen tegen de diepblauwe hemel vol sterren. De waardering deed hem goed, maar hij wist er niets op te antwoorden. Leon was altijd al een mens van weinig woorden geweest.

Op verzoek van Pythagoras legde Leon, toen hij Kaftor eenmaal voor zich zag, niet aan bij Knossos, maar volgde hij de noordkust in westelijke richting.

Al van verre tekende de Ida-berg zich af tegen de strakblauwe lucht. Dáár, op de hoogte van de Ida, wilde Pythagoras landen. Hij kende er van zijn vorige bezoek de priester van de geboortegrot van Zeus en hij hoopte dat die hem verder zou kunnen helpen aan een boot naar Italia.

Leon protesteerde zodra Pythagoras zijn plan bekend maakte. 'Waarom zou u hier een nieuwe boot zoeken, meester. We zijn hier nog niet eens op de helft. Wij brengen u naar Kroton.'

'Nee, jullie gaan morgen terug naar Samos. Ik kan niet van je verlangen dat je in voor jou totaal onbekende wateren je leven waagt. De priester van de Ida kent hier genoeg mensen die mij verder kunnen helpen. Ik wil dat jullie teruggaan naar je eigen gezin. Jullie hebben genoeg voor me gedaan.'

Protesteren had geen zin. De mannen legden zich uiteindelijk bij het besluit van Pythagoras neer. De laatste avond met de meester kreeg iets weemoedigs. In gezelschap van de Keftiou, die de boot al van verre hadden zien komen, en de priester van de Ida, zaten ze tot diep in de nacht nog bijeen. Iedereen voelde dat het een afscheid voor het leven werd, dat het zeer onwaarschijnlijk was dat de mannen van Samos de geleerde en zijn volgelingen ooit nog terug zouden zien. In aanwezigheid van de nieuw aangekomenen nam Pythagoras afscheid van de mannen van Samos.

'Op Samos was mijn familie rijk,' zei hij. 'Ik heb al mijn aardse bezittingen moeten achterlaten, want belangrijker dan goud zijn de boeken en geschriften die Zamolxis voor mij heeft ingepakt en meegenomen aan boord. Ik kan jullie dus niet belonen, zoals ik dat graag gedaan zou hebben.'

De mannen zagen hoe de meester een leren riempje dat hij om de hals droeg, over het hoofd trok. Er hing een in goud gevatte donkerrode steen aan, die Pythagoras altijd onder zijn witte gewaad gedragen had.

'Eens heeft mijn vader Mnesarchos de grote Apollo-tempel in Samosstad gebouwd. Mijn vader had een bijzondere verering voor de zonnegod, die aan het hoofd van de muzen staat en ook de god van de muziek is. Toen ik als jongeling naar het land van de farao vertrok, heeft mijn vader, die ook een goed steensnijder was, de Apollo-figuur in deze rode agaat gesneden. Theodoros, de goudsmid, heeft er een gouden vatting voor gemaakt. Mijn vader gaf mij als een blijvende herinnering aan mijn eiland deze amulet mee. Ik heb hem mijn leven lang gedragen. Sinds ik door Hermodamas en later door de magiër Zoroaster de muziek heb leren kennen en die nu als de tak van wetenschap beschouw die mij het liefste is, is de god van de muziek ook mijn belangrijkste god geworden. Als ik je deze Apollo-amulet geef, wees er dan van overtuigd dat het het liefste voorwerp is dat ik nu nog bezit. Ik geef hem je graag, Leon, omdat je mijn vriend werd. En een vriend, een échte vriend, die bereid is zijn leven voor je te wagen, is immers het andere ik.'

Leon was te ontroerd om te reageren. Dat hoefde ook niet.

Pythaida, die van mening was dat ook Simias een aandenken aan de meester hebben moest, gaf hem een gouden munt. Ook zij had nauwelijks iets van thuis kunnen meenemen.

136

'Ik ga nu,' zei de meester. 'Waar ik ook terechtkom, in Kroton, Sybaris of Tarentum, ik zal me er steeds van bewust zijn dat de goden jullie op mijn pad hebben gestuurd en ik hoop dat wat jullie voor me deden, beloond mag worden met het werk dat ik in de toekomst nog voor de wetenschap hoop te kunnen doen.'

Hij stond op. Pythaida en de drie metgezellen uit Samos volgden hem. Met de priester van de Ida verdwenen zij zonder om te zien in de nacht, Leon en Simias bij hun boot achterlatend.

Op het strandje stond Leon met de amulet in zijn hand. Lange tijd keek hij naar de jeugdige god met zijn edele gezicht en zijn lange, golvende haar. Toen schoof hij het riempje over zijn hoofd en liet de amulet onder zijn jak verdwijnen.

'Hij noemde mij zijn vriend!' was alles wat hij uitbracht. Een brok in zijn keel belette hem meer te zeggen.

De komeet van Samos

De plotselinge verdwijning van Pythagoras en de zijnen bracht de nodige opschudding teweeg. Lykourgos en zijn mannen ontdekten al snel dat het huis op de Ampeloshelling leeg stond en maakten daarvan onmiddellijk misbruik door alle achtergebleven bezittingen van de familie Mnesarchos te roven en de landerijen te confisqueren.

In alle openbare gelegenheden deden de wildste geruchten de ronde en de naar Kalamoi teruggekeerde Leon en Simias droegen actief bij aan het stichten van de verwarring.

'Misschien is Pythagoras wel op weg naar Babylon of Fenicia. Hij heeft immers ook een reis gemaakt langs de heiligdommen in Hellas.'

'In Babylon heeft hij gevangen gezeten, man! Ik kan niet aannemen dat hij daar graag terugkomt.'

'Vergeet niet, dat hij ook daar tot priester gewijd is, net als in Fenicia. Misschien is hij er heen om studiegenoten te ontmoeten.'

'Dan neemt hij zeker zijn oude moeder mee! Man, Pythaida is diep in de tachtig!'

De geruchten gingen van mond tot mond en begonnen een eigen leven te leiden. Wat de één veronderstelde, werd door de ander als vaststaand feit verder verteld. Leon constateerde met tevredenheid dat tenslotte vrij algemeen werd aangenomen dat Pythagoras naar Fenicia vertrokken was. Niemand kwam op de gedachte Leon of Simias in verband te brengen met de spoorloze verdwijning. Zoals te verwachten was, ebde de golf van geruchten na enige tijd weg bij gebrek aan nieuwe gegevens.

Er gebeurden zoveel ingrijpende dingen. Aiakes keerde terug van het Perzische hof. Mannen uit zijn gevolg brachten in de kroegen verslag uit van hun avontuurlijke strijd aan de zijde van koning Dareios tegen de Skythen, het legendarische nomadenvolk aan de overkant van de Propontis. Hun opgeblazen verhalen verdrongen het plaatselijke nieuws. Na verloop van enige manen sprak niemand meer over de verdwenen geleerde. Alleen in het huis van Leon werd zijn naam nog regelmatig genoemd.

De jaren vergleden. Leon en Simias hadden met hard werken hun transportbedrijf uitgebouwd. Simias, inmiddels de vader van vier zonen, kreeg zijn eigen boot. Hij onderhield een regelmatige verbinding met Alysia, vanwaar hij brons en terracotta-aardewerk invoerde in ruil voor de alom gevraagde Samische aarde. Leon voer nog steeds op de oude Ionische steden aan de overkant van de Straat van Mykale. Er brak daar een opstand uit tegen de Perzen. Vele malen vervoerde Leon in zijn boot Ioniërs op weg naar de vrijheid in het westen. Maar altijd wist hij zich buiten de politieke conflicten op Samos te houden. 'Ik vervoer handelswaar. Ik ben een schipper, geen politicus.'

De opstand der Ioniërs mislukte algauw. Samos voegde zich weer aan de kant van de Perzen.

Leon zag, hoorde en zweeg. Alleen thuis, bij Phileia, uitte hij zijn mening. Dan vroeg hij zich af hoe Pythagoras over de ontwikkelingen zou denken, wat diens houding in de conflictsituatie geweest zou zijn. Ook Phileia volgde de ontwikkelingen met veel belangstelling. In de vertrouwelijkheid van hun eigen huis leverde ze dan kritiek op de tiran, die aan de leiband van de Perzen liep. 'Mijn vader heeft altijd de Perzen op een afstand weten te houden. Sinds hij is vermoord, denken Samos' tirannen niet meer aan de belangen van het eigen volk. Zó rijk was Samos, zó machtig! Wat is er nu nog van over?'

'De welvaart verdwijnt. Maar wat nog erger is: de geleerden verdwijnen. Alles wat Samos en de Ionische steden in het oosten groot gemaakt heeft, heeft de wijk naar het westen genomen, naar Kroton.'

Steeds weer dook in dergelijke gesprekken de naam Pythagoras op. Steeds weer die niet te beantwoorden vraag: 'Hoe zou het de meester vergaan zijn? Zou hij nog leven?'

'Áls hij nog leeft moet hij nu tegen de honderd zijn. Ik kan niet aannemen dat hij zó oud geworden is.'

'En ik kan me niet voorstellen dat hij er niet meer zou zijn!'

Kleine gesprekken in de late avond, in de intimiteit van het eigen huis. Herinneringen van twee oude mensen aan de bewogen jaren van hun jeugd. Aan Polykrates, Phileia's vader, de harde tegenstander, de meedogenloze vijand, maar wél de man die Samos groot maakte en goed was voor zijn volk. Aan Pythagoras, de geleerde die zestig jaar lang wijsheid vergaarde ten bate van de mensheid, maar die te groot geworden was voor zijn eigen eiland.

In een gedeprimeerde bui verzuchtte Leon: 'Is al hun streven dan voor niets geweest? Blijft er na hun dood niets meer van over?'

Verontwaardigd antwoordde Phileia: 'O nee, dat mag nu wel zo lijken, maar dat geloof ik niet. Hun naam zal in de geschriften van uitgeweken Ionische geleerden in herinnering blijven – tot in lengte van dagen. Daarvan ben ik overtuigd!'

De nacht was donker en zwoel. Er hing een wolkenbank voor de maan. Een zwakke wind kwam uit zee en bracht enige verkoeling na de hitte van de zomerdag. Uit de huizen van Samos-stad scheen hier en daar het licht van een olielampje of flambouw. Er waren nauwelijks mensen op straat.

Een oude man liep langzaam en in gedachten verzonken over de kade. Er was die dag een Samaina teruggekeerd van een verre handels-reis en nieuwsgierigheid dreef hem naar de havenkroeg van Alexan-dros, die altijd nog een gewoonte uit zijn jonge jaren in leven hield: iedere thuisvarende bemanning kreeg in zijn kroeg het eerste rondje gratis.

Nieuws uit de wereld buiten Samos werd dáár het eerst bekend en verspreid. De oude man hoorde al van verre de opgewonden stemmen van tientallen zeelui, die elkaar overschreeuwden met hun opgeklopte verhalen. Wat was ervan waar en wat niet? Ieder kon dat voor zichzelf uitmaken.

Het was propvol in de kroeg. Onopvallend schoof de oude man naar binnen, naar een donkere hoek, waar een vriendelijke varensgast een stukje voor hem opschoof. Alexandros zat aan tafel met de schipper van de Samaina. Hun schaduwen op de muur leken groteske demonenkop-pen. Boven het tumult van alle stemmen uit klonk die van de jonge schipper, die verslag uitbracht van zijn lange reis, onder de Peloponne-sos door naar het westen, naar Groot Hellas.

De nieuw aangekomene probeerde te volgen wat de schipper zei, maar werd voortdurend gestoord door het kabaal dat de anderen maak-ten. Hij zag hoe de waard opstond en met een armgebaar de aandacht trok.

'Stilte, mannen! Laat Oros zijn verhaal vertellen. Zó verstaan we niks.'

In de stilte die volgde was het piepend geluid van het in de wind heen en weer slingerende uithangbord duidelijk hoorbaar.

'...we moesten wel zo ver, want de tocht naar Kaftor was niet lonend genoeg. In Italia, zeiden ze me, in Groot Hellas, was het goed zakendoen in de rijke Ionische koloniën: Sybaris, Kroton en Tarentum.'

De man in de donkere hoek verstijfde. Hij boog zijn rechterhand om zijn oorschelp om beter te kunnen horen.

'En, klopte dat?'

'O ja, we zijn er wel bij gevaren. Vooral in Tarentum. Man, dát is een rijke stad. En niet alleen rijk, het barst er ook van de geleerden. Allemaal voor de Perzen uitgeweken. Er zat er zelfs één die van hier kwam. Ze noemden hem "De komeet van Samos".'

'Van Samos? Kennen we hem?' riep een jonge marktkoopman nieuwsgierig.

'Jij vast niet. Daarvoor ben je te jong. Hij kon je overgrootvader wel zijn. Oud, man, niet te geloven!'

'Op Samos worden de mensen oud!' riep Alexandros goedgemutst. 'Zó bijzonder is dat niet. Kijk naar mij! Hoe was de naam van die komeet van Samos? Ik moet hem gekend hebben.'

'Hij heette Pythagoras. Hij schijnt eerst in Kroton en later in Tarentum en Metapontum een school gehad te hebben, waar geleerden werden opgeleid.'

Door een onbeheerste beweging van schrik gooide de oude man in de donkere hoek een volle beker wijn om. Niemand nam er notitie van.

'Ze hebben me gezegd,' vatte Oros de draad weer op, 'dat hij zestig was toen hij in Kroton aankwam, dat hij daar toen nog getrouwd is met een vrouw die Theano heette, de dochter van een geneesheer. Dat hij nog zes kinderen gekregen heeft. Ik mag doodvallen als ik lieg.'

Iemand lachte schaterend. 'De levenskracht van een Samiër, mannen! Na je zestigste nog een nieuw leven opbouwen in den vreemde en nog een groot gezin stichten ook. We zijn een sterk volkje!'

De uitroep vond bijval. Er moest bijgetapt worden, want alle bekers waren leeg. Het duurde even vóór de waard weer tot stilte maande. 'En wat was dat dan wel voor een school? Wat werd daar gestudeerd?'

'Weet ik veel,' antwoordde de schipper. Naast hem riep een jonge vent:

'Maar ík weet het wel. Het was een soort geheim genootschap, daar in die school. Je moest heel wat in je mars hebben om er te worden toegelaten en als je er eenmaal in mocht, had je je te onderwerpen aan allerlei strenge regels. Wat je er studeren kon? Zo'n beetje van alles: wiskunde, natuurkunde, sterrenkunde, heelkunde, filosofie – wat dat dan ook wezen mag – en zelfs muziek.'

'Heb je die Pythagoras ooit zelf ontmoet?'

'Niet in Tarentum. Hij was daar al weg toen wij er aanlegden. Dat had iets te maken met de strijd tussen aristocraten en democraten in Groot Hellas. Toen Pythagoras zesennegentig was, is hij nog met zijn school naar Metapontum uitgeweken. Toen wij daar aankwamen, hadden tegenstanders van hem net zijn school in brand gestoken. Ik heb hem één keer gezien. Hij liep op een late avond langs de kade. Stokoud, maar nog ongebogen. Iemand wees hem me aan: "Die daar, die ouwe in het wit, dat is die landsman van je, wiens school ze in brand gestoken hebben. We noemen hem de komeet van Samos!" Vlak daarop hoorden we dat hij gestorven was, net vóór het bereiken van zijn honderdste geboortedag. Je snapt gewoon niet wat zo'n man een leven lang bezield heeft. Wat heeft zo'n school nou voor zin? Wat moeten we met al die geleerden? Laten ze liever een vak leren!'

In de donkere hoek was de oude man opgestaan. Schuifelend werkte hij zich door de menigte heen naar de tafel met de lamp. Vóór de jonge varensgast bleef hij staan. Opnieuw werd het stil. Hoewel de man niet luid sprak, waren zijn woorden in alle hoeken verstaanbaar.

'Dwaas!' zei hij. 'Blaaskaak! Je hebt de grootste zoon van Samos ontmoet en je hebt het niet eens beseft!'

Kaarsrecht, zonder iemand nog een blik waardig te keuren, liep hij naar de deur. Een windvlaag kreeg vat op zijn witte mantel. Even fonkelde er iets in het licht van de flambouw onder het uithangbord: een gouden vatting rond een donkere steen, die aan een koordje om zijn hals hing. Ze keken hem allen na, een witte figuur die als een geestverschijning geluidloos oploste in de donkere nacht.

Vreemde woorden en namen

akropolis	stadsburcht, citadel
Alysia	het huidige eiland Cyprus
Ampelos	wijnberg (op Samos)
amulet	talisman, voorwerp waaraan men heilige macht toeschrijft
baksjisj	fooi
feloek	zeilvaartuig zonder verdek
Fenicia	smalle kuststrook ten noorden van Palestina
Feniks	fabelvogel der Egyptenaren; verbrandde levend iedere 50 jaar en herrees uit zijn eigen as
flottielje	groep gelijksoortige lichte oorlogsvaartuigen
fresco	muurschildering op natte kalk aangebracht
gallabiya	tot de voeten vallend los gewaad in Arabische landen
griffioen	fabeldier met adelaarskop en -vleugels en lichaam van een leeuw
Grote Groene	Middellandse Zee
Hapi	Nijl (godheid van de Nijl)

Hellas	het tegenwoordige Griekenland
Hellenen	Grieken
Heraia-feest	feest ter ere van het huwelijk van Hera en Zeus
hiërogliefen	Egyptisch beeldschrift
hoplieten	zwaarbewapende soldaten; boogschutters
Ida	berg (op Kreta) met geboortegrot van Zeus
Ionia	oude naam voor Achaia in de Peloponnesos én het kustland met voorliggende eilanden in Klein-Azië
Ioniërs	één van de vier Griekse hoofdstammen
Kaftor	het huidige eiland Kreta
Keftiou	Kretenzers
Kemi	Egypte; de Twee Landen
koningscartouche	naam van de farao in omlijsting
kouros	jongensbeeld (600-480 v.Chr.)
krater	mengvat
lygos	kuisboom, monnikspeper

mastaba	oud-Egyptisch grafmonument in de vorm van een sterk afgeknotte piramide met langwerpig grondvlak
Mennofer	oude naam voor Memphis
monoliet	monument uit één steen; hier: obelisk
muzen	naam van de godinnen van kunst en wetenschap bij de oude Grieken
Mytilene	het huidige eiland Lesbos
Nikaria	het huidige eiland Ikaria
orakel	door priester(es) uitgesproken godsspraak
papyrus	Egyptisch rietgewas, waarvan in de oudheid papier werd gemaakt
piramide	vier- of meerzijdig spits toelopend Egyptisch grafmonument
Propontis	Voorzee, thans Zee van Marmara
Samaina	oud-Samisch schip; oorlogsschip met everkop aan de boeg, ook als handelsschip te gebruiken
Samische aarde	porseleinaarde; soort volaarde; ook voor medicinale en kosmetische doeleinden gebruikt

satraap	stadhouder in het oude Perzische rijk
scarabee	mestkever; heilig dier bij oude Egyptenaren
Skythen	nomadenvolk, afkomstig uit de huidige Oekraïene
stadie	Griekse lengtemaat van ca. 1,85 meter
stater	zilveren munt ten tijde van Polykrates
Strongili	'de Ronde'; het huidige eiland Santorini of Thera
Taape	het huidige Thebe (Luxor) in Egypte
Tares en Tameh	Opper- en Neder-Egypte (de Twee Landen)
tiran	alleenheerser met onbeperkte macht
Tonaia	bindfeest; herdenking van de mislukte roof van het cultusbeeld van Hera
voet	lengtemaat van ongeveer 30 cm
Zuilen van Herakles	Zuilen van Hercules; Straat van Gibraltar
Zoroaster	ook wel Zarathustra: stichter van de oud-Perzische godsdienst, sterrenkundige en -wichelaar in de 6e eeuw v.Chr.

Verantwoording

Hier en daar ben ik afgeweken van de officiële schrijfwijze van oud-Griekse namen. Dit is gebeurd met het oog op de leesbaarheid.

Geraadpleegde literatuur

Baltzer, Eduard PYTHAGORAS DER WEISE VON SAMOS
Verlag Ferd. Förstemann, Nordhausen 1868

Bilabel, F. POLYKRATES VON SAMOS UND AMASIS VON AEGYPTEN
Neue Heidelberger Jahrbücher N.F. 1934

Casson, Lionel SHIPS AND SEAMANSHIP IN THE ANCIENT WORLD
Princeton University Press, Princeton 1971

Davaris, Dimitris G. SAMOS, HET EILAND VAN PYTHAGORAS
Athene z.j.

Finley, M.I. & H.W. Pleket THE OLYMPIC GAMES, THE FIRST THOUSAND YEARS
Chatto & Windus Ltd., London 1976

Kyrieleis, Helmut FÜHRER DURCH DAS HERAION VON SAMOS
Krene Verlag, Deutsches Archäologisches Institut, Athen, 1981

Meier, Christian ATHEN
W.J. Siedler Verlag GmbH, Berlin 1993

Schlimmer, Dr. J.G. & Dr. Z.C. de Boer WOORDENBOEK DER GRIEKSCHE EN ROMEINSCHE OUDHEID
De Erven F. Bohn, Haarlem 1920

Shipley, Graham   HISTORY OF SAMOS 800-188 BC
                            Clarendon Press, Oxford 1987

Tölle-Kastenbein, Renate HERODOT UND SAMOS
                            Duris Verlag, Bochum 1976

Valis, Vasilis   SAMOS – GESCHIEDENIS EN KULTUUR
                            Samos, z.j.

Nawoord van de schrijfster

Iedere middelbare scholier kent zijn naam. Niemand, ook degenen niet die regelmatig met zijn stellingen werken, weet íets van het persoonlijk leven van de man zelf.

Wat leerden we van hem op school? De grondslag van de driehoeksmeting: $a^2 + b^2 = c^2$, of in woorden uitgedrukt: de som van de kwadraten van de rechthoekszijden van een rechthoekige driehoek is gelijk aan het kwadraat van de hypotenusa.

Ik heb er destijds het nut niet van begrepen.

Een halve eeuw na mijn schoolopleiding bezocht ik Samos en werd daar onverwacht met de man geconfronteerd. Daar stond hij op het havenhoofd, een lange bronzen gestalte in zijn rechthoekige driehoek, één arm omhoog gestrekt. Kwam Pythagoras van Samos? Nooit geweten!

Daar ik nieuwe gebieden nooit 'zomaar' bereis, maar altijd met de nieuwsgierigheid van iemand die zoekt naar weinig bekende onderwerpen voor een verhaal, verzamelde ik zoveel mogelijk gegevens over de historie van het eiland. Ik ontdekte wat een geweldige geesten Samos heeft voortgebracht en ik ontdekte de betekenis van zijn grootste zoon: Pythagoras.

In zijn bijna honderdjarig leven was hij niet alleen een ster aan de hemel van de wetenschap. Hij bleek ook een bijzonder mens geweest te zijn met een verbazingwekkend spannend en avontuurlijk leven.

Ik stelde mij ten doel de levensloop van de mens Pythagoras op te sporen en te verwerken in een roman. Een lange speurtocht langs universiteitsbibliotheken en een moeizaam 'aren lezen' in vakliteratuur leverden tenslotte bouwstenen voor mijn verhaal. Publikaties van historici gaven me het noodzakelijke inzicht in de Ionische wereld van zijn tijd, in de Perzische oorlogen en de verhouding tussen Samiërs en Perzen, tussen de heersende tiran en de geleerde. Het is immers nooit mogelijk de levensloop van een mens te schetsen zonder zijn leefwereld te kennen. Een tweede reis naar Samos bleek zelfs noodzakelijk.

Doordat er van Pythagoras' redevoeringen nog grote stukken bewaard gebleven zijn, was het mogelijk zijn uitspraken in dit verhaal authentiek te houden. De historische figuur van de jonge visser, die Polykrates' ring vond, heb ik op latere leeftijd steeds weer in contact gebracht met Pythagoras, om hem als bindend element te laten fungeren. Steeds heb ik geprobeerd zo dicht mogelijk bij de historische feiten te blijven.

Pythagoras, maar ook de tiran Polykrates, de bouwmeester Eupalinos en vele wijzen die honderden jaren voor Christus leefden, hebben Samos gemaakt tot een van de interessantste eilanden van de Griekse Archipel.

Ik hoop dat mijn lezers, wanneer zij dit prachtige eiland bezoeken en zijn standbeeld op de havendam zien staan, zich door deze late 'hommage' aan Pythagoras iets méér van hem kunnen voorstellen dan alleen maar de stelling uit een schoolboek.

Pythagorion/Wijk bij Duurstede, 1994
Tonny Vos

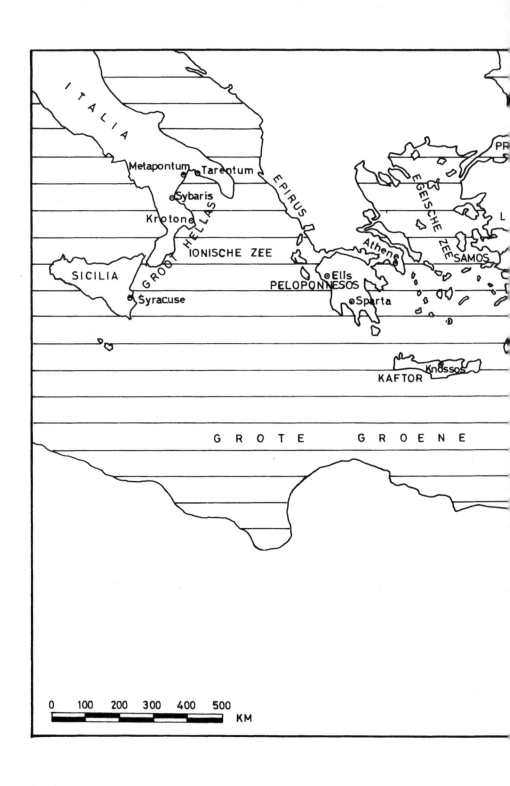